跟着太阳走过

王万里　著

民族出版社

王万里　内蒙古自治区鄂尔多斯市杭锦旗人，中共党员，中国作家协会会员，中国诗歌学会会员，鄂尔多斯市作家协会名誉主席。

2010 年 8 月开始练笔写作，在《人民日报》《诗刊》《中国艺术报》《草原》等报刊多次发表诗歌作品，著有诗集《松风万里》《高原青枫》《北方的时光》《灵魂，始终在寻找一块安静的地方》《嫩绿的阳光》。其作品收录于 2015、2017、2019、2022 年的《中国年度优秀诗歌选》。2011 年以来连续 6 年被评为鄂尔多斯优秀作者，曾 2 次获得内蒙古草原文学奖，2021 年获得内蒙古上榜诗人奖，2023 年获得第三届“中华杯”国际华人文学大赛诗歌二等奖。

苍龙日暮还行雨，老树春深更著花

敕勒川[①]

老哥王万里来电话，说他又写了一本诗集，想让我再写个序。因为在此之前，我已经给他写过几次序了，该说的都说得差不多了，好像也没有什么可说的了，所以就犹豫再三，但看完他的诗集后，当然，更因为是多年的老朋友，最后还是决定再写几句话。说是闲话，也无不可，相比自己此时这个闲人，倒也名副其实。

万里老哥生在农村，是土生土长的农村娃，从供销社售货员，到国家公务员，再到一个成功的商人，最后华丽转身成为一位诗人，其间付出的努力、辛苦、汗水，走过的艰难、辛酸、委屈，当然，也有收获的快乐和成功的喜悦，其冷暖只有他自己感受最深。他以坚强的毅力化解了所有的苦与难；他以奋进者的追求把所有的苦难变成光和

① 敕勒川，原名王建军，著名诗人，中国作家协会会员。著有诗集《细微的热爱》《我在人间，挺好的》等。

热。我觉得，诗歌应该是他最看重和发自内心的快乐和喜悦了，“诗人”也应该是他人生路上最珍贵的称谓、毕生追求的目标。

我一直认为，诗人应该是一个善良的人，也是一个最具有可贵品格的人。一个品格恶劣的人，一定不会成为一个诗人。万里老哥就是一位品格高尚且善良之人。且说一事，刚参加工作时，他在做基层供销社的售货员，根据当时八小时工作制的规定，万里老哥理应中午吃饭休息，但他看到牧民们从几十公里外来购买商品，一般中午才能赶到，如果中午下班休息，牧民就会在寒冷中或烈日下多等两个小时才能买上东西，只能借着月光赶路回家。所以他就中午不休息，尽心尽力为那些远道而来的牧民们服务，牧民们对此感激不已。可以想象，他一颗年轻的心也会是温暖而又自豪的，用他自己的话说：“自己多干一点，年纪轻轻又累不坏，却能给予牧民们方便，是一个年轻人应该做的事情。”更难能可贵的是，他在繁忙的工作之余，竟然办了一份油印的简报，内容上至国际风云、国家大事，下至生活技巧、畜牧知识，当然也会有一些散文诗歌什么的，很受大家欢迎，在当地产生了很大的影响。当时全旗商业系统有八大公司、二十二个基层供销社，这是唯一的一张传播信息，反映民情、商情的简报。两年之后他被调到旗商业局当秘书了。我觉得，这份小小的简报，在他年轻而又善良的心里，扎下了诗歌的种子。

万里老哥就是一位不计较个人得失，勤于学习，乐于奉献的人。这是他成就事业、成为一位好诗人的基本素质。

工作的调出调入，他始终没有停下追求与奋进的步伐。后来他被组织任命为旗商业局局长，当时他所任职的商业系统是全盟经济效益倒数第一的烂摊子，他没有被这份重担子压垮，迎难而上，大刀阔斧改革用人机制、管理机制、经营机制，为企业注入新的活力，五年之后当他调离局长岗位时，他领导的商业系统五年向上跨越了五个台阶，一举成为全盟商业系统经济效益正数第二位。万里老哥被评为“内蒙古自治区商业战线劳动模范”。

他的经历丰富，不论从事什么职业，追求与进取就是他思想的最高境界。书本知识与勤奋实践，使他看到了人生路上万种风情，随时用心对待自己，用力开拓生活。不论自己职务怎么变化，他都没有在无聊场合消磨时间，而是走进书海孜孜不倦地追求，在人生路上他有清泉般的思维；有花草般的风情；有骏马驰骋的蹄花。即使在春风得意抑或失意之时，他都有底气大声喊出：人生舞台很大，我曾献过一束鲜花。

他在年近六十岁之时，开始了自己的诗歌写作之路，十几年的时间，硕果累累，已经出版了五部诗集（如果我没有记错的话），从地方报刊到国家级报刊发表了很多作品。如今，于无声处听惊雷，他又拿出了一部诗集，在诗歌的道路上孜孜不倦地奋笔疾书，不能不让人为之感慨而又充满敬佩。

读着他的诗句，任心境随着诗情升腾盘旋，让想象流水般浸入每一丝感受。他的诗歌可让人浊气下降，清气上升，心境自由，思绪飘逸。我想这就是万里老哥写诗的境界与初衷，我们真的应该向他学习，学习这种老骥伏枥、志在诗歌、老而弥坚、勇往直前的精神。特别想说明的是，他在诗歌中所表达的对祖国的热爱和对人民的真挚情感，令人感叹。而这种境界，并不是每一个人都可以达到的。可以说，这是他这几十年精神生活的文字见证和诗意总结，至少对他来说是一件值得骄傲的珍贵财富。

人生在世，倏忽百年，人生的意义到底是什么，我觉得万里老哥给我们做出了一个很好的榜样，那就是不断地挑战自己、不断地突破自己、不断地丰富自己、不断地鼓励自己、不断地提升自己、不断地诗意自己，然后完成最满意的那个自己，不虚此生。

忽然想到顾炎武的两句诗：“苍龙日暮还行雨，老树春深更著花。”我不敢说万里老哥是一条龙，但他肯定是一棵春华秋实的大树，一棵开满芬芳的诗歌花朵的大树，快乐自己，芬芳他人，美丽大地。

对，这就是快乐，祝愿他一直能快乐下去，特别是那种诗歌的快乐。还有什么比这更重要的呢？

“烛天灯火三更市，摇月旌旗万里舟。”忽然觉得范成大的这句诗，特别适合此时此境的他，写在这里，作为对他的祝福。

闲话当序，算是做了一件偷懒的事。

2024 年 7 月 1 日于呼和浩特

目录

第二辑　鲜血染红的旗帜

第三辑　为了生命的静美

第四辑　那片嫩绿的热烈

第五辑　时光隧道

第六辑　一朵小花的醉意

第七辑　故土长歌

第一辑

向祖国致敬

我比一粒玛瑙石子更鲜红，早已是
祖国山河，暖暖的一部分

向着朝阳出发

朝阳冉冉，跃出东山
驱走黑暗，照亮大地
列车拉着金光驶出鄂尔多斯站
跨越黄河长江，装满丰硕的果实
包括暖城的花朵

一路向东，列车从草原飞过
托起我的身躯
望大江南北高精度的脊背
从炉火中取出强大的高端设备
传统产业的蝶变之火，焊接了
专精特新的蓝海，大地上
带着火焰的脚步前进！前进！
时间谱写澎湃的记忆

高精度软件自己设计
人工智能的激情迅猛突飞
集成电路凝聚五千年的洪荒之力

云计算、大数据，覆盖中华大地
插上 5G+ 工业互联网的翅膀
冲破西方世界的栅栏，翻越
宇宙间久远的秘密
随着新时代的天籁之音
迸发出火红的大美

向着朝阳出发！时代的节拍
雄壮有力。按下起飞键，一群白鸽
转眼幻化成漫天的无人机
飞过镶嵌在高铁两旁的楼房
越过美丽富裕的村庄
穿云破雾飞向天际，那里，一条巨龙
正在朝阳的霞光里
腾飞……

2023 年 2 月

七月放歌

仰望蓝天，蓝是最绵长的目光
而艳艳的红，是最动人的心跳
摘一片七月的阳光，绣一面鲜红的旗帜
从嘉兴到南昌、遵义、延安、西柏坡
渡金沙、涉乌江、过赤水、达延河
草地上的人倒伏成奠路基石
战马的蹄印里芦草摇晃
打绑腿，扛步枪，人梯刺破乌云
穿越雪山暴雨风霜

红色信念，铸成崇高的理想
一把镰刀砍断禁锢千年的枷锁
一把铁锤夯实人民的信仰
攻下一座座黑色城市
围剿一处处乌云压顶的村庄
耀眼的红色催醒顽石的愚昧与迷茫
将鲜红的旗帜披在身上，掀开每一页
蔚蓝，九百六十万平方公里

都是红彤彤的爱

那富裕的村庄，所有的葵花立正向阳
十四亿颗红心镶嵌在红色版图上
从陆地到海洋，从山川到河流
灵魂在同一轮阳光下高亢嘹亮
嫦娥五号带回了月球的秘密
天眼是中国人最犀利的目光
北斗三号，宇宙最明亮的灯塔
七月的旗帜上闪烁着两个最大的字——
中国！

2022 年 5 月

七月的阳光

七月的阳光照耀在大地上
金光闪闪，一面旗帜上
那镰刀斧头的光芒与力量
坚定了中国人的信念，一路飘扬
为实现中国人的梦想，指引航向

多少炮火从这块土地穿过
每一颗沙粒都带着千疮百孔的伤
为抚平伤疤，英雄儿女赴汤蹈火
从血泊中爬起来，再从硝烟中穿过
在敌人的屠刀下，大义凛然，长歌浩荡
他们的理想——
人民自由平等，祖国繁荣富强
他们的信念——
高举浸透热血的旗帜，奋勇向前
你看那——
祖国七月的大地上，漫山遍野的花朵
就是献给他们最美的勋章

放眼伟大时代——

蔚蓝的天空正在摄像

一望无际的大地，五谷丰登

生机盎然，政通人和

七月的阳光，照耀在大地上

金光闪闪，辉映着

祖国的万里山河……

2023 年 7 月

十月的旗帜

——献给祖国72周年华诞的歌

摘一串金黄的硕果
书写一面旗帜的鲜红
先写井冈山、南昌、遵义、延安
接着写西柏坡、天安门、大会堂
72年前的今天："中国人民站起来了……"
洪钟般的声音，震彻寰宇
共和国的历史，翻开崭新的一页

亿万双大手攥成一把铁锤
神州大地举起森林般的臂膀
亿万双眼睛饱含奋进的光芒
拨开前进的迷茫

摘一串金黄的硕果
书写一面旗帜的鲜红
先写人民站立的姿势，饱满的谷穗
旋转太阳的葵花，簇拥辽阔的村庄

接着写藏金的山脉，流银的江河
脱贫致富的足音一路鸣响
一带一路，在曲折中延长，再延长……

十月的阳光依然夏天般灿烂
鲜血浸泡过的金黄更加闪亮
这绝不是一幅简单的标语
而是祖国人民展开的心声
这绝不是一句简单的口号
而是一曲金黄的乐章
紧紧拥抱着，十月的旗帜

2021 年 10 月

向祖国致敬

祖国很大
计算机读不出一块石头的重量
甲骨文刻着祖先的模样
青铜的光泽，瓷器上的鸟语花香
把祖先的脚印与我的脚印连了起来
像黄河一样深沉，像长江一样明亮

祖国很蓝
蓝得没有乌云的杂质
一杆鲜红的旗帜竖起民族信念
井冈山、南昌、遵义，直奔延安
枪林弹雨中闯开一条血路
渡金沙、跨乌江、过赤水，粉碎敌人的封锁线
信念擦落污秽，蓝，纯洁的蓝
挂在天地人间

祖国很美
五十六个民族举起森林般的臂膀

亿万朵鲜花在高山上盛开吉祥

数不清的飞鸟横渡大海汇聚东方

为祖国发声，为祖国喝彩

与我们一道呼吸清新的空气

畅游大海的鱼儿与千帆赛跑

播种机轰鸣，彩绘丰收画廊

人民昂首，以一株高粱的端庄，向着太阳

走向远方的脚印，生机与活力同时绽放

祖国很强

一本浩瀚的史册

燃烧着星星之火燎原的劲风

焕发着血肉之躯抵御侵略者的精神

倒下的战马为祖国长成茂密的丛林

睡着的战士为祖国长成翠绿的青松

一位伟人牵着人民的手

在千疮百孔的土地上站起来

红船的机座上

原子弹诞生，潜艇出世，量子升空……

网络数字的时代

与山河深情相依，继续着坚强的脚步

祖国很暖

暖流开启我紧闭的双唇，第一句话
想了很久，“哇”地喊出：妈妈
最亲！热泪与乳汁交融，同时
在我血液里沸腾
没有祖国的温暖，哪有热炕的温馨？
看着父亲的脸就看到祖国的颜色
母亲手中的长线，缝合了所有的创伤
暖暖的细流浸润我的身体，踏着
时代的节拍高歌猛进，我要深深地
弯下腰，以谷穗的姿势
向祖国致敬——
我比一粒玛瑙石子更鲜红，早已是
祖国山河，暖暖的一部分

2021 年 12 月

窑洞里的太阳

群山干瘦是孤独的老者
飞鸟找不到栖息的枝丫
野兔裸露出细细的小腿
暗夜压至山的踝骨，一盏长明灯
火光四溢，直线升腾，在潮湿的窑洞里
一位伟人构筑真理的高峰

我来了，徒步走来
只为找到小路上刻下的脚印
灰色军装很贴身，腰间的皮带虽然陈旧
却振作了一位老红军的精神
八角帽上的五角星是窑洞里
亮出来的太阳之灯

这盏灯是爆破黑暗的利器
从抚摸黄昏直到金鸡破晓
迎来东方红。这是中华民族的
思想之灯，精神之灯，理想之灯！

照亮延安、照亮华夏、照亮中国人的心!

日寇最怕这盏灯
燃烧在地上地下城市农村
即使是走路耕田的人也手提一束灯光
祖国大地就是一片火的海洋
侵略者被化为灰烬

不能停息，穿一双青草编织的新鞋
健步登上宝塔山顶峰
抚摸晶蓝色的天倒挂的那朵白云
放羊人一嗓子东方红，黄土地的血脉
在我全身沸腾，我立刻顿悟：这是
窑洞里的太阳，传来历史的回音

漫游在延河水清澈的气息之中
鹅卵石清波泛起山丹丹花瓣的鲜红
洗涤我蒙尘的思想、发霉的灵魂
哦，延安、枣园、杨家岭、王家坪……
红太阳的光芒直达天安门

2022 年 5 月

日落黄河

悲泣没有任何理由
夕阳最具美学价值研究意义
金球滚动，疲惫的河水焕发青春
每一波浪花身负铭文
巨浪风起云涌，祈祷与祝福
从远古走到如今

我的母语被烫成文字
洗刷沿路风景，记录着中华文明
这是母亲河啊，时间在这里停留
又无限延长，即是繁星漫天
落日与黄河的契约写下：
天时、地利、人和！

2022 年 6 月

走在阳光的大路上

每天早晨
小鸟在树头正点开会
潮湿的翅膀润开晨曦
用多民族语言欢迎阳光到来
不负众望，彬彬有礼
一盆金色的液体泼向大地

一只温暖的手从窗户伸进来
抚摸一本正楷体的书本
为每一个字镀上金辉
一盏明灯照亮几千年的文化长廊
虽然语言有点拗口，熟悉的面孔
弹出历史的光辉

需要换一个话题
阳光缓缓移到阳台的一角
光和热点亮笑盈盈的花卉
花瓣上还留着清脆的鸟鸣声

绿色藤蔓倾听花开的声音
我记得童年
懒懒地起床后，蓬头垢面
跑下田野，一脚踏起柔软的湖水
泛起金色的涟漪，母亲呼喊我的乳名
爬上树头
探寻塞满阳光的小鸟窝棚
毛茸茸的小精灵
一口熟练的江南话
振一振翅膀憧憬未来
阳光明亮幼嫩的思维

拉长视野
金色的液体滚动大地
热情在绿叶的密语里传递
擦亮我灵魂深处阴暗的角落
照亮人生的路
和那同路的蚂蚁

2020 年 4 月

从花蕊里拔出艳阳高照的春

在群山的怀抱里
我看到一朵叫不出名字的花
捧着忍了一冬的深情
昂首瞭望春汛，如同烈火
翠绿包裹玫红的心
用花瓣缠绕青藤，追赶阳光延伸

三五成群的人不约而同去赏花
那些背屈腰弯的长者拄着拐棍
有的戴着老式眼镜，一副与花
背道而驰的躯体从容淡定
回望自己走过的脚印，风在旋转
雪与花结成最好的同盟

我相信；这朵花会把冬天走尽
赶走寒风，融化冰雪，从花蕊里
拔出艳阳高照的新春

2021 年 12 月

飞雪迎冬

当秒针指向立冬的一刻
洁白的花飞飞扬扬
没有队形，争先恐后上门造访
这里是终点还是驿站？
我说不清，可能还要继续跋涉
去往更辽阔的地方

我想起南宋时期北方的战马
比飞扬的大雪更猛烈
狂涛怒吼，铺天盖地席卷大地
身披盔甲、手举弓箭，穿透寒风
超过十万战马的蹄音
那就是迎冬飞雪的前身

品尝冬雪的味道
轻得像乳鸽新生的羽毛
洁白柔软占据了所有树头
轻轻遮盖了瓦片的灰色

潮润田野的空旷

等待一片绿色发芽

2021 年 12 月

跟着太阳走过

跟着太阳升起
又跟着太阳沉落
人生的路天天在丈量
却不知道究竟有多长
风声雨声随时碰撞
生命就在岁月里研磨

唯有那连绵起伏的山岗
站着坐着都是一个模样
改变它容颜的力量
只有季节的雪雨风霜

小树的青枝嫩叶
被漫漫的长路剥蚀
它向四季诉说：
太阳走得太快
很难继续跟上

屹立于雾霭之中的老土房
屋檐上的瓦片早失去了光泽
是炊烟老化了村庄?
还是旱烟袋提来了暮色?

跟着太阳走过
不要细数皱纹的数量
那里面藏着金黄的霞光!

2021 年 4 月

蔚蓝的镜头

云朵迷路了，失落于大山背后
原野完成了新的布阵
一朵花瞬间甩开艳艳的红，看着
树头上的小鸟晃动柔嫩的枝条
滚动时针

谁用湛蓝抹平了高远的天空
只能去问来来去去的风霜雪雨
不同的词语都可以制造不同的错觉
缝制绿的衫
八十岁老人在度青春，时间的长度有限
蔚蓝的镜头
留下一幕幕美景

2022 年 5 月

天天春光　日日鲜花

——祝您双节快乐

登高。远望——
一杆旗帜映红山河
月亮转成母亲的磨盘
柔光越过树梢撒满人间
品味远方飞来的歌唱
甜甜的音色像广场上的喷泉
巨大的水花笑声比丝绸柔软
升腾着火的温暖

时光飞驰
心路可装订成一本史册
一根白发热血沸腾
青春再度发芽
踏着岁月的坑坑洼洼
放弃阴晴圆缺的忧伤吧！
唠唠嗑儿，喝喝茶
发发短信，通通话……

互相祝福，披一身彩霞

天天春光，日日鲜花！

2020年10月

乔迁新居

鞭炮一串一串飞舞，此起彼落
笑声与泥土碰撞，花在空中绽放
大红对联一幅一幅连接心愿
日子火一样红，家家书写欢乐与喜庆
徐徐的春风温暖老百姓

群楼从晨辉中升起
举着湛蓝的哈达献给太阳
黄河长堤铺开层层叠叠的绿云
浪花在农田里挥洒丰收喜讯
池塘里的鲤鱼翩翩起舞，欣赏舞姿
请看打起波纹的尾巴与柔软的腰身

哦，原汁原味的农民
汗渍肥沃了黑土地，洗涮着风雨晨昏
滚滚的黄水淘走了苦难与焦虑
金灿灿的阳光抚平了脸颊的皱纹
把感慨与喜悦酿成米酒

杯中满满致富的话语，你斟我敬

大盘小盘，圆了千年的美梦

2020年5月

农家小院

一缕春风牵着朝阳
顺着鹅卵石铺筑的小路走进小院
一朵桃花把粉柔的笑脸探出围墙
第一个禀报春的讯息
院子里红黄紫绿的灯盏竞相绽放
五彩缤纷的笑颜擦亮我尘封的灵感

绿蔓情意绵绵，缠绕窗户阳台
牵一缕晨曦，向主人说声“早安”
苹果构思红绿相依的色调敲响时钟
地瓜披着宽大的叶片悄悄与月亮争圆
圆满农人的心思……
花瓣妍美细节，乔装打扮
万紫千红的技艺在舞台上表演

大爷的欢喜天天在延长
与朝阳携手搭棚架，数着星星
施肥浇园……

大娘的小锄头蘸着春风松软土壤
修蔓的剪刀随时打扮水灵灵的绿苗
哦，一蓬绿风，翠绿乡音笑语
棚架下的茶壶飘出泥土与农事的馨香
我醉了，庭院溢满田园的韵味
叩响诗的华章

2020 年 5 月

沸腾的早晨

沸腾的早晨
新生的活力穿越万顷良田
播种火的光焰
追赶丰收喜讯

喷灌机扬起长颈鹿的头颅
把清泉碎成春雨
那深远的情感一滴一滴飞翔落地
我清晰地听到大山脉搏的跳动
哦，清格粼粼的红光
闪放甜美的笑声

这是初春，勤劳的欢声
早早唤醒田野延绵的绿色
推开山头被夜幕尘封的天窗
眺望新一天开始：犁田、播种……
豪情满怀，又一年的青春

飘动的山岚

散发着劳动者蒸腾的汗气

早醒的山风

反复播颂匆匆的足音

这是祖国北部的新农村

这是田野里沸腾的早晨

2020 年 5 月

在这片眷恋的热土上

——走进杭锦旗独贵特拉沿河区

这是我眷恋的热土
温柔的情怀里还珍藏着
久别重逢的一粒汗珠

伫立在黄河岸边
遥望一个久远的想念
当年包产到户的春雷
激活板结的泥泞
大爷粗壮的手指紧攥一把黄土
颤抖的胡须挂着一缕又一缕的惊悚
牛犁划开东方的晨曦
一粒种子向晚霞预告久渴的惊喜

远去的岁月像琴键敲击着心弦
奏响新农村的繁华与灿烂
群楼与白云携手呐喊梦想
一条钢筋水泥腰带捆扎了黄河

车水马龙无限延长，与国道接轨
伸向远方……

静听果园里飘来阵阵果香的甜笑
绿荫繁茂着致富的希望
垅畦间，蓬勃着多彩的憧憬
小麦归仓，塑料大棚挽留了春光
菜农的热汗孕育着仲春的温馨
新鲜瓜菜带着晨露走进农贸市场
与城里的姑娘同台亮相

啊，每一程都是一卷旖旎的图景
每一段都是崭新的意蕴
广告牌上挂着数不清的硕果
黄河岸上响着时代潮流的足音
我愿把今天的相遇
一一写成憧憬的诗韵

2020 年 5 月

岁末感言

岁末来临
树木以军人的身姿
迎接阳光的笑声
那些东倒西歪的小草
也忘记寒冷，不惧不惊
那泥土里的根系孕期已到
能隐隐听见婴儿的欢笑

笔也应该停下来，整理容装
尘埃与落败一一清扫干净
新春之前了断所有的灾难与怨愤
素纸黑字如夜晚晶亮的星星
一支笔举着大爱走向黎明

雪白将附身于大地嫩绿
这是电影与小说中的爱情
初恋不断升温，激烈茂盛
婚礼在秋天举行

腊梅虽然未婚，干净的体香，已在
山岩上留下子孙

写完这首诗已是岁末的深夜
笔是谢幕者，我向白纸黑墨俯首致敬
树木正在悄悄地替换旧装
烟花在高空开放，一波又一波
泪水与欢呼汹涌而至
摈弃陈旧，喜迎春光

2023 年 1 月

第二辑

鲜血染红的旗帜

今天的太阳为什么这样红？
鲜血染红的旗帜在天空高扬
在大地飘动！

红船

一条普通的小船
穿过芦苇，在南湖荡漾
摇摆颠簸，颤巍巍地洒下一路清波
小船上坐着十三位书生
白皙的面孔，闪着坚毅的目光
凝视远方，聚拢劳苦大众的怒吼声
在古老的东方，竖起一面鲜红的旗帜

马列主义是小船的航帆
镰刀斧头的武装推翻资本家政权
赤条条的穷苦人聚拢在旗帜之下
举起森林般的拳头砸向旧世界
不！砸碎旧世界！小船就是基座
每一个字就是一发子弹

南湖的小船
载着马列主义信仰
建立革命的武装，推翻资本家阶级政权

红色的梦想！东方的太阳！民族的希望！

驶向大江南北，掀起惊涛骇浪

驶向人民站起来的共和国

驶向民富国强的大海洋，永不停泊

一往无前，鲜红的旗帜在人民心中飘扬

2021 年 7 月

井冈山

比暗夜里的星星闪亮
比乌云背后的太阳耀眼
1927 年 10 月，秋霜节节败退
枯草挺胸站立，岩石竖起耳朵
静听窗外的烽火，大山放开嗓子
哗啦啦地歌唱

毛泽东把一杆红旗高高插在大山峰顶
大山的骨头立刻变得通红
毛泽东身穿灰色军装，头发在暴风雨中
时而站立、时而翻卷，洗刷污垢的天空
他右手在左掌画出一条红色航线
民情、军情、敌情尽在手掌之中
游击战、割据战，敌人的阴谋
在深山幽谷里破产

红色风暴从井冈山起源
浪涛滚滚，吹向湘赣边区的农田

劳苦大众争先恐后入列扛枪
旧军人，志愿换上新军装
赤卫队穿山越岭，浩浩荡荡
“敌进我退，敌驻我扰，敌疲我打，敌退我追”
仇恨的子弹，喷射出熊熊烈火
中国共产党第一个农村新政权
擦亮一片蓝天

农民的柴米油盐
是毛泽东最大的心愿
第一部《土地法》像划破长空的闪电
“耕者有其田”，人民的心愿
一部推翻旧世界最精彩的法典
一寸土地一缕光环，千百万穷苦农民的土炕
第一次生长热气腾腾的温暖

“农村包围城市，武装夺取政权”
闪烁着共产党人智慧的光环
“从实际出发，依靠群众，艰苦奋斗”
生长在骨髓里的基因，生生不息的火种
用自己的一腔热血喂养中国的明天

井冈山红！红军红！中国红！

中华儿女齐声欢呼：伟大的旗手——

毛泽东！

2021 年 7 月

秋收起义

乌云乱了天空的秩序
湘赣边界千万双昏暗的眼睛瞬间闪亮
一声震颤乾坤的呼唤：改变政权的颜色
一面鲜红的军旗，磁性很强
工农武装扛起枪杆子浩浩荡荡

镰刀斧头向世界发出宣言
枪杆子飞出愤怒的火焰
打土豪，剿民团、收土地、穷人要变天
秋收起义的烈火轰轰烈烈
向四面八方蔓延

金黄的五角星，穿刺长夜的枷锁
照亮天的愚昧，地的瘦弱
太阳抽出最好质地的丝绒
编织成镰刀，收割压迫大地的乌云
工人的大手把铁锤绣在旗帜上
交给一粒燎原的星火

军旗艰难，道路坎坷
但追随的人像潮水奔涌的大河
前面的人倒伏成基石
后面的敢死队踏着肉体铺就的路
流星般穿过敌人的火力网
怀抱坚定的信仰

粗茶淡饭酿造的血更纯洁
撒开一张网，把反动军阀装入口袋
“农村包围城市”的战略
像春雷滚过长空、惊醒大地
继嘉兴、南昌、秋收起义之后
中国的希望在遵义！

2021 年 8 月

强渡湘江

偌大的嘴巴

浪涛滚滚，仿佛要吞噬一切生命

唯有红军的小木船敢骑在它的背上

哪怕折断桅杆，手掌也要征服恶浪

强渡湘江，就是强渡生命

抢占渡口就是夺取生命的出口

征服咆哮的波涛，就是征服敌人的猖狂

固守高地，就是后续部队的希望

灵魂的血没有颜色，却比烈火红

灵魂的伤没有弹孔，却有刀刻的伤痛

踏平滔滔江水前进

弹雨划破心脏，也挡不住红军的冲锋

鲜血喷向前堵后追的敌人

一声怒吼把罪恶的碉堡送入江中

战火洗礼着悲壮

镰刀斧头是眼睛里最亮的光芒

总有人要突破绝境
即使全军遇难，身上也会刻下后续者的脚印
跨过湘江还要走过草地、翻过雪山
继续走完两万五千里长征
说不定哪一时，青春的脸庞与祖国的泥土
最亲最近。写一部最完美的人生

此时，月亮瘦成一弯镰刀
她脸色灰白，更不会照亮别人
每一个指战员就是一粒火种
望遥远的父母，像寥落的星星
望妻子，一滴泪珠在油灯下滚动
那依依不舍的目光
湘江水总有一天会送给亲人

湘江的波涛在抽泣颤动
见证了杀声四起的刀光剑影
“三年不喝湘江水，十年不吃湘江鱼”
老百姓双手合十，向五角星的军帽致敬
啊，漫漫征程，追赶启明星前进
一山一石都是红军指战员的丰碑

一草一木都是红军指战员的忠魂
今天的太阳为什么这样红？
鲜血染红的旗帜在天空高扬
在大地飘动！

2021 年 8 月

遵义会议

追赶黔北重镇
红色队伍翻山越岭，日夜兼程
凶残的敌人布下四条封锁线
前堵后追，红军用血肉突围
红三十四师、三军十八团，掩护中央红军
强渡湘江，弹尽粮绝，战斗到最后一口气

红三十四师师长陈树湘
在敌人的担架上突然猛醒
推开医生急救治疗的药械
绞断腹部裸露的肠子，视死如归
湘江号啕大哭，一江鲜红的泪水

1935 年 1 月
党中央在遵义三天开会到深夜
直至启明星冉冉升起，东山头跃出光辉
从此航船有了舵手
沿着红色箭头驶向茫茫大海

航程依然曲直

航向清晰，朝着巨手的指向

红色船队以神兵之速

划过赤水河、划过乌江、划过金沙江

再越过雪山草地

红军的热血腾起曙光

映红了遵义城，在人迹罕见的死亡线上

筑就一条红色的路径

“而今迈步从头越”，奋勇前进！

后脚追前脚，神速的步伐

走完两万五千里长征，一路种下

红色基因！

2021 年 8 月

古田会议

狂风，雪花，浓缩成一粒子弹
打翻天空，在石头崩裂的夹缝里
古田镇亮起一盏红灯，因为
红四方面军的灯火昼夜飘动
携着曙光徐徐走向黎明

一面旗帜高悬于会议中央
会标清晰、醒目、庄重……
一群热血青年，心中装着中华民族的未来
摒弃一切杂念，各抒己见，以决议的形式
确立了建党建军的政治纲领

我似乎看到：会议代表为追求真理
慷慨激昂，表达信仰
我似乎听到：党对红军绝对领导的同一呼声
共产党人扛起大旗奋勇前进
革命军队用枪杆子开拓一条突围的路
在硝烟中浴火重生

时光的大河滚滚向前

历史在古田转了一个弯，立了一个碑

红军与敌人搏斗、与自然角力

与错误思想斗争，走出草地、爬过雪山

高举旗帜奔向延安

古田，历史转折关头的古田!

红色路基连着红色江山!

2021 年 8 月

翻越夹金山
——学党史手记

说什么都是多余的
只能把草鞋交给陡峭的雪岩
把生命交给大风，交给万丈深渊
没有这座大山，就没有登天的梯子
红军插翅也要飞到山那边

弯弯曲曲的水晶玻璃打磨脚板
可谁敢透视这黑洞洞的深渊？
一步一哆嗦，一步一晕眩
头顶上是人，脚下也是人
战友情打造成红色绳索
雷打不断，风吹不散，咬紧牙关
把这段天险走完

饿了吃口干粮
渴了伸出脖子啃一口雪
几百米就会有一名战士变成半截木桩

任由暴风雪重塑容颜，他举起拳头
向党宣誓，手中握着一枚银元

战战兢兢地攀援
石头无氧，心肺被挤成一块石板
雪粒抽打比衣衫还单薄的骨架
肉身随时像散架的破旧家具
陪伴毫无表情的石头长眠

即使挪着步子也要翻越这座魔鬼山
此时把所有的思念都撂下
怀抱一个信念，耳边只有雪崩的怒吼
眼睛转动大山
奔跑的流云被繁星累死
只追求一条板正身子的雪线

血泪永远凝固在这里
红心永远跳跃在石头夹缝之间
即使亿万次崩突悬挂在喉咙之上
刺入骨髓的严寒早把眼泪榨干
翻越孙行者难过的夹金山，就是为了

革命火种永不熄灭

九十度弯腰，等身的姿势
朱总司令在最前面
他举起刺刀捅破乌云，前面已掉下一串
闪烁的星星

亲爱的战友们，红四方面军
发出震颤群山的呼唤，红旗招展
金沙江、雅鲁藏布江还未流出红军的指尖
指战员已展开臂膀伸至极限
紧紧拥抱，传递温暖，悲喜交加
泪滴汇成红色巨浪，滚滚向前！

2021 年 8 月

走过草地

松潘、毛尔盖
像一张被抓破的老羊皮
人烟灭绝，乱云腾飞
小鸟逃离到遥远的树梢上抽泣
谁能在这里找出一条纤细的经纬？

密密麻麻的野草，杂乱无章
向遥远的狂风点头示意
为遮盖泥潭的破败绽放光彩
淤泥像一块腐烂的地瓜
肚子里装着比糨糊还浓稠的坏水

溃烂的神经随时抽搐
泥浆泛起一圈一圈浑浊的涟漪
战士踽踽前行
哪怕慢上半拍，晃悠晃悠
一根钻杆深深插入渊底
年轻的战士，嘴里含着苦涩滋味

即使草地的泥浆吞噬了自己
手中的那支步枪也会在地面高高升起
为后续部队竖起路标
用骨头焊接一条红色路基

旗帜，高举在前方
红色火种在草地上燃烧，云雾中飘扬
英雄的战士，从来未想过个人安危
信念化作超常的力量
子弹随时顶上枪膛

每一位战士都是一面鲜红的旗帜
信念同样在泥浆里闪放光辉
他们没留下名字，但伟大精神
竖起永恒的纪念碑
不朽的灵魂与大地同在
像草地上的战旗，昂首天地

2021 年 9 月

翻越雪山

延绵几百里的大山，越走越苍凉
腰背弯得如同弓的模样
心在癫狂，与石头碰撞
峭岩、冰山、雪窖、眼睛探测不到的地方
死亡的禁区，氧气都不能正常存活

雪山上没有一只野兔的踪行
头戴水晶冰冠，身穿皑皑白雪衣衫
灼热如火的军旗在前面开路
指战员同一个身姿、同一个步形
同一声喘息，肩扛大炮，手推战马
拉练爬行

不能迟疑，迟疑就会被雪渊收藏
不能等待，等待就是大军的路障
几十里拉练架起登天的梯子
几十里人流铸成大山的脊梁
跨过雪山，就是希望

这是一支没钱的队伍
即使有钱，雪山从不出售温热
搓搓手吧，又怕僵硬的皮肤脱落
呵呵气吧，雪山没有供应氧气的市场
饿了，吞咽野草野菜，抽出骨头里
全部的力量

红军是鲜红的颜色，却浑身冰凉
那吃尽人间苦头的钢铁意志
那历尽万般艰辛的无畏精神
那不拿群众一针一线的过硬作风
那死亡线上结下的深深战友情……
是因为生命里孕育着不朽的信仰

在翻越雪山的路上
延绵不断的雪堆被冰雪雕刻成
石头的模样，他们没留下闪光的语言
也没来得及向家人投去最后一缕眷恋的目光
雪山收留了灵魂，深深的脚印
高过大山的顶峰

头戴八角帽，身穿灰布衣
用生命写下震惊世界的悲壮传奇
在皑皑的雪山上，耸起千古丰碑
跨越鬼门关，一轮红日在雪山上升起
一条红色大道，追赶人间天地！

2021 年 8 月

回延安

飞翔吧！

我要一头扑进延安的怀抱

我要一把搂住宝塔山的腰

再掬一把延河水，品尝鲜活的美味

背着阳光，去找毛主席的足迹

黄土地释放出宁静与喜悦

安塞腰鼓笑语腾飞

近看眼前的瓜果，飘溢着黄土味

远望鲜花盛开

我把一缕一缕的惊喜挂在草叶上

喜迎穿过树梢而来的新阳光

走进杨家岭、枣园、王家坪

山峁下一群土窑洞，比阳光还明亮

彩虹融化了晦气，照亮延安城

一杆鲜红的旗帜飘扬在宝塔山顶

宏图大略的思想像烈火升腾

一张简陋的办公桌摆满电报、文稿
一把陈旧的老式椅支撑着缜密的思维
一盏昏暗的油灯开出真理的花蕊
一串金灿灿的玉米结满丰收大地
一座挂钟敲打着岁月轮回

党中央大礼堂
这里是马列主义的大课讲堂
洪钟般的声音传向四面八方
神州大地随时听到黄土地在呼唤
保卫延安，解放全中国

这就是延安的精神：玉米、野菜、山药蛋
这就是延安的使命：硝烟、鲜血、生命
战士的背影在炮火中拼搏冲锋
军号随时催促枪声炮声，阳光
从宝塔山，一直照耀到北京城

2021 年 9 月

西柏坡的小土房

火炬从延安出发，燃红西柏坡
小平房简洁雅致，像战士的灰色军装
昂首进院，低头进屋，毛泽东不时将
双手伸向一盆炭火
黑红箭头在桌面上交错……

油灯长明，跳跃着火花
点燃震惊中外的辽沈、淮海、平津
斗智斗勇，三大战役的宏图在这里敲定
正面进攻，侧翼驰援，人民怒吼……
旧王朝在排山倒海的大决战中化为灰烬
新中国的曙光冉冉东升

感慨艳阳天，人心振奋
在一个具有里程碑的会议上
洪钟般的声音郑重地告诫全党：
“万里长征才走完了第一步”
“进京赶考”“两个务必”

一张建设新中国的蓝图灿然生辉

小小会议室装满喜悦的笑声
军政首长发出严肃的议政之声
各界代表响起热烈的掌声
祖国大地上回荡着气宇轩昂的警钟声
穿云破石，代代长鸣

小土房，人去物留
一件件珍贵的文物记录着历史进程
一幅幅感人肺腑的照片再现当年的英勇
一行行坚实的脚印烙下崇高的理想信念
一盏盏老式油灯照亮前程

小土房容纳着大信仰
延安之后又一座神圣的大殿堂
载入史册，一首史诗中最豪迈的一行
千秋万代，放射着不朽的光芒

2021 年 9 月

拜谒志愿军陵园

硝烟败退西天
沙粒浸透血泪的脚印

纪念塔高高耸立，沐浴春风
一部悲壮的历史，永垂不朽的精神
闪光的名字：毛岸英、黄继光、邱少云……
单衣草鞋的指战员手握钢枪
穿梭在子弹炮火的丛林之中

他们甘愿——
将一腔热血浇灌芳草
肉身与泥土一起被烧焦
铮铮铁骨昭示中国尊严
血肉浇灌三千里江山和平
像奔腾的长江、咆哮的黄河、威严的长城
像固守祖国的又一座莽莽昆仑

我把鲜花紧紧贴在心窝
愿它永不枯萎，开成一座花园
让烈士的忠魂随时漫步在花草丛中
愿我的热泪化作滚滚黄河水
滋润那震天呐喊的喉咙

伟大的烈士永垂不朽
十四亿人民的心，是你们永远的纪念碑

2022 年 5 月

红色瞭望台

参观鄂托克前旗三段地革命老区，我特别注意到屋顶上高耸着一座瞭望台。——题记

这是最普通的民房
拱手高擎一座瞭望台
褐黄色的墙壁
反射出血红的光彩
草原上的延安
陕甘宁边区新生的革命根据地

毛主席高瞻远瞩
党中央运筹帷幄
习仲勋乌兰夫携手并肩
与兄弟民族手牵着手
抗日烽火的烈焰染红草原

红色的土地
红色信仰竖起千古丰碑

红色理想写下一部悲壮的历史
热血奔流，狂涛撕碎罪恶的画皮
枯草怒吼，荒漠埋葬日寇的孤魂野鬼

瞭望台，一部高倍分的望远镜
从烟雾中寻找鬼魅尘埃
瞭望台，一部精密的显微镜
漫漫长夜，找准倭寇的踪行
英雄在星星下隐藏自己，却不能像
晨鸡一样催促黎明

民兵，紧盯汉奸，联查联防
保安队，保卫穷苦百姓安睡、放羊……
骑兵团，子弹飞过草原，死在敌人心脏
人民武装，将白山黑水的苦难嚼在嘴里
将漫天风雪穿在身上，温暖大地

啊红色瞭望台！我亲眼看到
黄莺在你肩头歌唱
鲜花在你胸前盛开
没有大理石、花岗岩装彩

你却名扬艳阳高照的新时代

比万丈高楼更气派!

2023 年 4 月

伫立在英雄画像前

城川、三段地、桃力民
红色大厅，屏幕上闪烁着很多
烈士的英名
但始终没见到他们的英容

大厅宽敞肃静
人们屏住呼吸，凝视英雄
闪光的名字泛起红色波澜
唯独缺少了英雄本真的照片

日本侵略者的屠刀锈迹斑斑
岗哨上隐隐看见追云的狼烟
烫手的枪管连续喷射愤怒的火焰
茫茫草原去哪寻找一家照相馆？

我真想看看你真实的容颜
看看你赤贫的少年
看看你战火中的横眉怒眼

看看你向日寇甩出最后一颗手榴弹

这些都是我一厢情愿
你满身都是战火硝烟，白天夜晚
把自己融入战火纷飞的草原
哪有时间留住自己青春的笑脸？

今天照相留影是生活风采的纪念
但可否给后人留下无尽的思念？
我调出手机最美的色板
把英雄的名字深深刻印在心间

啊英雄！
你没有为后人留下一张瞻仰的照片
可你把共产党员的光辉形象
永远刻印在红色的家谱上——
鄂尔多斯草原

2021 年 6 月

人民英雄纪念碑

高高屹立于宏大的广场
走近，热血沸腾
仰望，感慨万分
静思，洗礼灵魂
纪念碑属于英雄，属于人民！

每一张脸庞都是青春的花朵
仿佛就在硝烟滚滚的炮火中绽放
那娇嫩的眼睛喷射着怒火
还未来得及沐浴细雨和阳光
就化作一棵青松屹立在山崖之上

我看到手托炸药包的英雄
独身冲过子弹的火焰炸毁桥梁
我看到一对对英雄儿女
在枪炮声里呐喊，在硝烟中冲锋
带血的肉体勇敢地向敌人逼近
无数英雄捐躯救国

站起来的是一个伟大的民族
大理石、花岗岩铸成的热血精魂
英雄是人民心中最美的风景
惊天地泣鬼神，走向永恒

人民大会堂天天注视着英雄
络绎不绝的人群手提花篮前来瞻仰
一个民族精神的标杆荫庇四方
嘹亮的国际歌中一群一群和平鸽
从天安门广场飞过

2022 年 9 月

开拓希望的人

站在温暖的热土上
我必须随时回望伤筋断骨的以往
那硝烟中淌热血的身影
那风雨泥泞刻下的脚印
当茂盛的小草绿满田野山坡
那是多少年前赴后继的希望

阳光下清风低回悲壮的歌
当长空的惊雷滚动大地的时候
是昭示，是力量！
钢铁脊梁挺起振兴民族的大业
身体里同样奔流着母亲的热血
开拓奋进是希望的接力棒

英雄儿女来自大山，来自草原
漏风的泥土房里只有低低的憧憬
吃饱饭、穿暖衣、住暖炕……
跟着父亲赶黄牛，收获五谷杂粮

迎来太阳，送走月亮

遥望举红旗的人，坚毅祥和
封建王朝的裂缝中漏出曙光
扛枪入列，浅浅的心思
长成远大理想，英勇杀敌
民族解放，把热腾腾的炕头
扩展成热腾腾的祖国

2023 年 4 月

血肉构筑的基座

我无法丈量你的厚度
极目仰视难以测绘你的高度
只听到荒草下嘭嘭的脚步声作响
赤诚的心是高楼大厦的机座
比岩石硬，比钢铁强

你的初心始终净化亿万人的心脏
你的热血长成漫山遍野的花朵
你健壮的身体遨游太空，沸腾海洋
高擎旗帜使命在肩，无需考虑重量
甘愿把坚实的脚印烙在新时代的大道上

基座托起人民的江山
核心价值观昭示于一场奇伟的盛典
一百年的惊雷滚过大地，响彻蓝天
一个复兴的民族，天天都是节日
花的笑脸绽放在城市村庄

今天，我们站在更高的台阶上
登天揽月，打通地球屏障
一百年前的红船就是为了抵达
理想的彼岸，十四亿中国人
浩浩荡荡，可以撬动地球支点
可以为苍穹安装火眼
站在基座上的一个民族
直上九重天！

2023 年 4 月

第三辑

为了生命的静美

望着你们的背影，无比振奋
望着你们的背影，热泪模糊了眼睛

奥密克戎吹响狂风巨浪

我听到奇特的尖叫声
迷雾滚滚比带铃铛的驼队响亮
小小的魔鬼张着血盆大嘴，随时捕捉
带血的肉体，送给贪婪的胃

昨夜，毒风把雪原刻成峭岩
诱导人们跌入深渊，甚至
凿开冰河，复活冻僵的鱼虾
掀翻世界
扭曲铁轨，拓展地盘

远望无垠的原野
万物萧索，生死茫茫
藏在衣袖里的风暴是冰冷的利剑
直刺喉咙，构建温暖的窝
与人体拼肉搏

沉着应对

阻断罪恶的翅膀

众志成城，奋力反抗

2022 年 12 月

寒冬悄悄从窗外走过

寒流扑灭不了火
愿你是浪花里最开心的一朵！
你说：我正在阳台给茉莉松土
剪下最美的一支，插在
最漂亮的花瓶里绽放

橘树的果实由绿变黄
敞亮的窗户收获了暴雨和阳光
可人间杂草和疾病不停地蔓延
万物都卷进隐形的哀伤

如果你愿意，就做一朵浪花吧！
你必须成为自己的太阳
身体与疾病的摩擦会产生更猛的力量
让寒冬悄悄从窗外走过

2022 年 12 月

最崇高的致敬

和晚霞一起流进夜幕
星星可以暂时休息
花草树木只管简单呼吸
唯有志愿者汗流浃背
战场就是阵地，来不及吃饭喝水

公安干警顶着逆风
守护漏风的豁口，检查车辆疏散人流
党政干部借助风的力量
背着新鲜的米面粮油，市场摆在小区门口
白衣战士把聚光灯拧到最大的亮
以神奇的速度解除患者的痛苦

借助灯光的力量
神圣的责任举起人民的愿望
汗水与惊喜相互交换，只为患者早日安康
宾馆酒店的床位留给患者
志愿者淌热汗的身子露宿在夜幕之下

泥土之上。在风雪中奔腾的热血
敲响人民最动听的乐章

忘了累，顾不得多想
泪水都在手机屏幕之上
最揪心的音乐就是孩子啼哭的声音
最美的风景就是父母的轮椅与拐杖
最甜蜜的爱情就是你我在同一轮月光下
加班到黎明，共同佩戴一枚闪光的寒星

不能再看私信了
指挥部就设在微信群
党政领导日夜切着人民的脉搏
数万双眼睛望着指挥者的嘴唇
数万颗红心在指挥者胸腔跳动
键盘弹出的黑体字就是命令
志愿者听从时钟指挥，正点出征

啊，抗疫志愿者
你们的伟大让千万人心悦诚服
死里逃生的眼神比嘴上感谢更厚重

秋霜凝固不了抗疫者冲锋的意志
风餐露宿阻挡不了抗疫者的责任
当你再度打开手机，数不清的大拇指
拼成一朵艳艳的大红花
这是献给你最崇高的致敬

2022 年 10 月

第四辑

那片嫩绿的热烈

只有最亮的那颗星星
闪烁着那片嫩绿的热烈

记忆深处的归宿

有一种快乐
随时可以打开一扇心灵的天窗
就像阳光穿过盛开的花瓣
轻轻落在浅浅的酒窝
就像燕子的翅膀
低旋徘徊，飞翔着草原的牧歌

枣红马打响鼻嚏
剧烈的心跳颤动那根
松紧有度的羊毛缰绳
可以悠悠荡荡，也可以蹄花飞扬
当阳光从头顶垂下的时候
一道彩虹从草叶上飞过

你把向往变成细语
不停地叙述羊儿留恋草的清香
一缕炊烟沿着轨道悠悠盘旋
小狗活蹦乱跳，蒙古包前欢迎喜客

月亮撒下母亲的行踪
和她永远不变的笑容

2019 年 11 月

马蹄追赶江山的辽阔

草原与江河同时飞翔
乘坐骏马的翅膀
一列绿皮列车牵引着最初
到未来的方向

金光抖动小草，游船推动湖水旋转
一对对青年男女捕捉春天的风
品尝青草的美味，抓一把桃花鲜红
从古老的草原出发
立交桥架起通天的路
小鸟展翅飞向蓝天
种子在泥土下生根，大地上结果
骏马挂着金黄的铃铛

草绿花红
辽阔的大地每天都有新生
雪白的蒙古包里
千万匹骏马奔腾在琴箱里

青草压缩小路的长度

数不清的骏马扬着蹄，追赶着辽阔

和幸福安宁

2020 年 4 月

蒙古大营的夜

——杭锦游记

飞鸟散尽光辉
空中未留下一丝痕迹
举指点击蒙古包的洁白
身子在云朵里飘动
这里的青草柔软富有弹性

月光在窗外徘徊
我的内心一片洁白
灯火是指甲状的鳞片
今夜心肺都可以休息
只用青枝绿叶呼吸

小野兔从蒙古包前踮脚走过
青草触角传递约会的信息
远处传来不识时务的口哨声
夜幕笼罩，分不清花与草
还需那枝带路的玫瑰做向导

今夜省略了我的睡眠
遗落了月光的情、绿草的美
透过渐渐清晰的光线
随手翻开新的一页
羊群追赶第一滴晨露
骏马捧起一路花瓣

2020 年 6 月

那片嫩绿的热烈
——杭锦游记

还是三十年前的路
走过还想走
左转右拐，清新的空气扑面而来
高高低低的花草密密匝匝
我如释重负，身体立刻轻松

青草左右摇摆，沙沙作响
为欢迎归来的游子而热烈鼓掌
双眼塞满红黄紫绿馈赠的颜色
露珠拽着草叶战战兢兢
澄净日月星辰

哦，我又走进了仙境
头枕一棵青草，伸展腰身
天空很静，草叶映着阳光
抚摸我的肌肤，清风送来凉爽
突然，一朵花把我推醒

我在拥抱一棵草的绿
亲吻一朵花的红

夕阳站在西山瞭望
我就是草原的一部分
披一身金光，手端着这个傍晚
草原把喧嚣还给了宁静
把宁静还给了干净
把干净还给了心灵

牛羊漫不经心地散步
蒙古大营的九色旗飘荡着白云
谁能辨认这幅壮丽美景？
只有最亮的那颗星星
闪烁着那片嫩绿的热烈

2020 年 7 月

大漠展开绿色的翅膀

——杭锦游记

飞翔的并不都是小鸟
大风诞生的那天沙子就长了翅膀
说不清是哪朝哪代，倾泻而下
静卧，禅坐，横亘千里

披着褐黄色袈裟，一望无际
铁石心肠凝固了日月时光
自取大名：库布其沙漠
一会儿耸立为悬峰，把路抬至云端
一会儿摘掉头盔，布下万重深渊

行人从不敢与它结缘
小草逃离一张冷峻沧桑的脸
小鸟低飞怕黄沙拔掉腹部的羽毛
为了柴米油盐的人间烟火
偶尔只能听到驼铃敲击沙漠回响
走出蒙古包，走完孤寂的月亮

现代智慧为黄河心脏做了搭桥手术

春天，冰凌被孵化为细细欢歌

母亲的乳汁千回百转

琴声悠扬飞进大漠

温暖冷峻的心脏

潺潺流水累了

她打盹的地方就是沼泽

她歇脚的地方就是湖泊

“春江潮水连海平，滟滟随波千万里”

千湖岛啊，在湛蓝的天幕登场

一对一对鸭子在湖水中畅游

一群一群小鸟在湖畔上练习舞步

咕咕鸣叫，呼朋引伴，警惕地四处张望

青草成群结队比当年沙尘暴更猛

哦，大漠展开绿色的翅膀

草与草窃窃私语

树与树耳鬓厮磨

草叶抚摸金色的沙粒

宛如夜幕里星辰闪烁
沙丘一层一层剥掉陈旧古装
鲜活的生命纷纷扬扬

沙子沉淀了千年时光
今天小花举起喇叭向世界诉说
昔日的黄沙已更新观念
当新一轮红日从东方升起的时候
这里将是通天牧场

绝无仅有的西草地啊
牛、马、驼、羊的家园
飞鸟、野兔的竞技场
稻黍与花草共舞
仿佛大漠展开绿色的翅膀

2020 年 7 月

温暖　秋霜　希望

——杭锦游记

阳光射出一支箭
编织青草的光环
嫩绿、鲜活、芬芳无限
忧伤在这里窒息
烦恼在这里隐退
花草的间隙从不隐藏迷惘与灰暗

甩一声牧鞭
清脆、嘹亮，青草震颤
羊儿警觉地张望
骏马四蹄飞扬，踏碎一颗露珠的晶亮
牧草自娱自乐，青春摇荡

极目远望
小草引路，小树立冈
那些久居高楼大厦的人们
对着镜子文眉绣妆

红唇是捉弄人的假货

坐在一棵青草的怀抱里
手指间流落一地阳光
小草划了一道弧线
脖颈立即戴了条金项链
闭目养神
遍地金线为我充电
心无杂念，身无疾患

这里不允许愁烦、苦闷
只允许浪漫、狂野、轻松
像鸟儿一样自由飞翔
尽管世事变化无常
草地始终生长淡然与坦荡
即使苦难的日子，清风舔舐忧伤
即使病入膏肓，花香是天然的药王

太阳欢快地跑过牧场
心灵着根于土壤
笑脸迎着笑脸不为浮云遮掩

一同陪花儿绽放
生机与小鸟展翅飞翔
生活的天空辽远空旷

秋天转瞬即至
草原的果实——羊肥马壮
石敖包在暗夜里闪烁银光
如此耀眼，我虔诚跪拜
从不敢温情抚摸
只有蝉鸣弥补秋风的创伤
低低的火焰酝酿下一朵花开放

2020 年 8 月

润物无声的教学大楼

——杭锦游记

肃穆，庄严，神圣
教学大楼升腾着朝阳的金光
这里没有车站、码头的嘈杂与多疑
小松护佑着线装的路
翠绿穿越古今文化长廊
我细细寻找阳光抚慰过的脚印
大楼的精神高度和心灵静谧
早已覆盖了凹凸弯曲的颠簸

这是一个早晨
小树葱茏直指蓝天的高度
多边形的花坛小草默默解析几何代数
嫩绿枝叶探寻五千年的文明史
单双杠划出自由落体的抛物线，还有
一条长长的橡胶跑道彩绘蓝图

教室窗明几净

一张张稚嫩的脸追逐文字的奥秘

老师的气质就是美学模版

谆谆教诲为理想做最周全的注解

孩子们读着经典里的《论语》《庄子》……

墨香里走来李白、杜甫和苏轼……

铅字扬起千年花香

书页闪烁着灿烂阳光

读书、上课、应试、竞技广场……

杭一中啊，朝气蓬勃的青春王国

教学大楼很高需要抬头仰望

但始终高不过飞向蓝天的理想

小小的心，地球的容量！

2020 年 7 月

看见一朵小花

嫩雪压枝

点缀了你的粉裙

淡雅绿装

衬托了你的颜容

时光漫漫

证明了你的美丽

月儿上了柳梢

露珠敲打着心跳

清新的细雨覆盖了山峦荒芜

也安定了惊飞的小鸟

我不论向你疏远或靠近

都难预测悲喜的风云

走进一帘粉红色的回忆里

一串晶莹的泪珠

比流星快

比石头重

2015 年 5 月

牧歌燃烧的地方

狩猎的祖先
在这里开拓了广阔牧场
他们把领地的钥匙
挂在篱笆门之外
寻求生活的人们蹚过河流
聚拢在这块风水宝地

山盟海誓，烧香跪拜
疆土辽远，葱茏覆盖大地
“鄂尔多斯”大牧场哟
草叶上打着歌声的印记
青草连成五线谱
一首唱不尽的长歌，露珠跳跃着指挥

老额吉的皱纹是风霜盛开的花朵
喉咙里飞出百灵鸟的纯音
老阿爸手中的三条细线万马奔腾
竞技场上的小伙子踏着歌声的旋律

可以擒获任何一只盘旋的雄鹰
姑娘的甜音环绕着草原，捆住那些马群和羊群……

艳艳的花儿，绽放盛世时代的鸿运
当年蒙古包那盆烈火还在燃烧
把一颗善良的心融化成一块纯真的钢
把启明星融化成东山头的曙光
草原天天迎着朝阳

当沙尘暴灾难般降临的时候
男女老少的歌声就是钢铁长城
打一场保卫家乡的人民战争
沙柳、沙打旺，英姿勃发
一层又一层锁边林
将滔天的黄沙束手就擒

当山峦重叠挡住去路的时候
各族人民高扬手臂
大山低头，道路纵横
扬眉吐气，人民致富脱贫
浩瀚的历史，民族的品性

与大自然一同发出时代强音

羊群、马群、牛群
驼铃敲响天文地理的长音
鄂尔多斯就是一个大家庭！
草原歌声——
随时催我回家，随时鼓舞我再出发
啊，燃烧吧牧歌！
祖国大地上，一道绚丽的彩虹

2021 年 5 月

大地春歌

春风蹑手蹑脚地走来
柔软的手捂暖大地
农人弓腰屈背把种子和鸟鸣
一同种到泥土里，婉转的绿
播放春的美

云雀一群一群飞过树梢
翅膀划开天空的蓝衣
漏下一朵白云站在农人的肩背
玉米高粱率先走出大世界
葡萄瓜果悄悄爬上阳台

当太阳洒下第一缕金辉
梨树长出蝶翼的洁白
接着桃花乘着歌声在花园里盛开
活蹦乱跳的羊群走进无垠的花海
骏马惊散露珠，蹄花腾飞

小草拖着鲜活的阳光
沙柳林的池塘里花鸭追着白鹅
蒙古包的炊烟与白云握手
十里之外就闻到奶茶清香
每一个人胸怀一片锦绣
孩子欢笑阿妈喜乐

举目远望，山清水秀，明月山冈
泉水叮咚石上流，小鸟鸣唱千里香
草原、山岗都是生长大爱的地方
远方的朋友，高铁接你到草原来
让我和你一起走进洒满阳光的绿浪

2021 年 3 月

六月的雨

早晨
一株小草捅破压扁空气的云
蓄满天河的泪水飞溅长空
原本翘望天空的蛙改变了姿势
立即窜入草丛，草叶颤抖
发出带着泥土气息的长鸣

六月的大地火烧火燎的急躁
花草疲惫，人也困顿
生命渴望一场雨，不！一天一场雨
让万物从昏沉中清醒
被洗礼过的山更年轻，如同复活的生命
雨后天空放晴，大山会拉起一道七彩之虹
啊，黑暗败退后的一道亮光
一个美好应许的约定

我未曾兑现过的承诺很多
可惜还没学会驾驭旋涡的本领

今天十分情愿怀抱一颗一再放低的心

迎接风，迎接雨，即使群山晃动

洗礼之后，山明水秀，芳草如茵

2021 年 6 月

准格尔的桃花开了

桃花开了
一朵花撞碎岩石
群山深处发出悠长的怒放之声
比寺庙的钟声清脆，拉开和煦的帷幕
打开春的大门

看花的人掩映在花海之中
激动着心，不住地点头
都说今年的桃花比往年更红
诗人抢在蜜蜂之前抒情
画家用一张纸包住流淌的美味
一滴一滴加到生活里

这是一片网红的打卡地
低处红，半坡粉，顶端绿满天空
高度使花色有了时差，缤纷错落
游人走进好莱坞的幻影城
每一片田野都是亮丽的风景

一年栽树，二年开花，三年挂果

荒凉的群山，最先绽放春天

这里的人勤劳，与桃树相映添彩

方言里都是桃花味，水色桃在餐桌上

你分不清树大树小，只有美美的甜蜜

2022 年 3 月

一朵花打开春的闸门

树头上的雪为过往的日子愧疚
不由自主地用泪水道歉
顿时淡化了黑色泥浆抹过的天空
徐徐走来一缕温柔的风
唤醒小草，小蜜蜂的翅膀
把散乱的泥土抹平

翻阅一片草叶
仔细研究小花的内涵
粉红的羽翼，缓缓向外张开
一朵花打开春的闸门

2022 年 2 月

春天的问候

春风过去了
和煦的风拉长了眼球焦距
终于在树丛中瞅见一朵鲜嫩的花
静静地等候赏花的人

蜜蜂是赏花的专家
它先于我找到身材幼窈的小花
毅然决然宣告为自己的领地
扇动翅膀，排除异己

好像那朵花是专属于它的世界
选择最佳部位贪婪地接吻吮吸
霸道的伎俩不顾我的存在
当我离开之后，它才恋恋不舍地起飞

哦，这是春天的问候
万紫千红在我面前盛开

2022 年 3 月

沙柳新城

野兔晃动柳梢
一把嫩绿的扫帚擦亮蓝天
火红的太阳在静默中酿造力量
柳梢举着金光纵横交错
绿色走廊，一道御敌千里的屏障

少年时，我曾在这里迷途
黄涛海浪吞噬了太阳
我和大地一同被扒光了衣裳
一粒沙子，一支喷射火焰的枪
拽着一只松鼠的尾巴，以跳跃的姿势
在旋涡中眺望远方

沿着柔嫩的枝条向纵深走去
柳丛中桃花燃烧着芬芳
我与一朵花留影，一同品尝绿色时尚
真想把那只领路的松鼠请回来
共享美丽风光

胡同旋转东南西北

一座又一座四合院

身着不同色彩的小鸟自由飞翔

可爱的小精灵啊，今晚我想

在这座新城里

享受翅膀滴漏的星光

2022 年 4 月

伊金霍洛赛马场

赛马场铺在草原上
与清脆的枪声同步，十四骏马
同时长出翅膀，在宽敞的大道上
与时针碰撞，山在旋转，树在后撤
龙卷风裹着烟尘飞向远方

远远目送那匹枣红马
它是领军之王，骑手女扮男装
唯有那条红纱巾飘着十六岁的青春
坐、骑、站、卧，像马背上的一朵花
更像草原上一团燃烧的火

马蹄挂的是高位挡
五千米的终点赛还没有尽兴
亭亭玉立，鼻孔鼓胀，喷出强气流
催动马蹄从地面上挖起热浪
溜圆的眼睛，装着辽阔的草原
清澈而明亮

奶酒飘香，喝彩声扬起一道彩浪
那条银色哈达是星星投射的光
赛马场沉默在暮色里
远处的树林发出蟋蟀声响
骏马的故乡，一个新时代的出发地

2022 年 4 月

太阳升起的时候

拉开晨曦
一轮巨大的火球扑入怀中
沉寂一夜的出海口
光波粼粼，敞篷的游船
比早起的鸳鸯飞得更远

牧草青青
一群驰骋的骏马从烟尘中突围
小河的波纹闪烁着清澈的刀痕
风追赶着一群骏马
草原激动、亢奋，密集的鼓点
敲碎了绿色的云

太阳缓缓上升
青草飞起一朵红云
热腾腾的笑脸沸腾绿色大海
蒙古包的炊烟悠悠盘旋
很轻！很轻！一直向上

2022 年 6 月

夜的神韵

青草是最美的佳肴
甜美的神韵奔涌在我的血液里
今夜我与牧草同居
轻轻闭上眼睛，静静支起耳朵
欣赏草原大戏台的神韵

长调短歌清除夜的障碍
蛙声此起彼伏呼唤远山近水
沙柳的嫩枝举着月亮
释放出沁人心脾的清香美味

流水潺潺，从青草的踝骨流过
慢慢地向我靠近，送来牛羊的气息
一朵花把我负在背上
我上升了一步，举手抚摸云朵
一道闪电砸碎了我的梦想

东方的朝霞涌进我的耳膜

遥望远方那朵站立的小花

艳艳的小嘴含着鲜红的阳光

2022 年 7 月

沙湖

清波随时纠正体内的异质
比镜子亮，比星星明
垂柳把婀娜的身姿糅进湖底
避免鱼儿再次上钩

牛羊马群和远山的云朵
模糊了界限，套马杆吊起
圆润的朝阳，我乘着金辉
投身于湖水之中
水鸟翅膀擦亮我的眼睛

风从不搅局，花草是冷静的观察者
一朵荷花快速掠过湖面
载着欢歌笑语，掀起细微绿波
鱼儿是最忠实的追随者

骏马来了，清清嗓子昂首嘶鸣
呼唤远山的峭岩走下神坛

清除孤独，驻一脸青春
牛群、羊群也来了，不带牧童
它们和自由保持着高度的一致

2022 年 7 月

望春

每当这个时候
不由自主拉长视线望春
一只燕子带着江南的灵秀
涉水而来，惊醒
我酣然的梦

夏荷为你擦汗
雨水为你洗颜
被湿透的泥土有求必应
五颜六色的花，大大小小都葱茏
我的心也透亮，爱恨分明

秋风为你抚摸
每一朵花草都很从容
竞相开放，展示纯净的灵魂
叶子承载着压弯枝条的厚重
经纬记录前世今生

披一肩残阳

田野发出不规则的回音

寒风送来细雨，夹着雪粒

打落花瓣，小树残喘

我弯下腰身

捡拾花草的子孙

又一次，望着春……

2022 年 12 月

晚霞

——漫步在德国斯图加特的绿草坪上

西山耸起标杆似的臂膀
等待收起洒落的霞光
绿荫中突然闪出一栋小洋房
白窗帘印着猩红的花纹
应对她嘴唇的茉莉花香

蓝色的眼神
在绿草丛中撒开一张网
点亮马路，无限延长
噢，姑娘，怕我们迷路
还是捕捉东方的小帅哥？
此时，绚丽的晚霞悄悄离开草坪
那双幽蓝的眼睛瞭望遥远的苍穹

2015 年 6 月

鄂尔多斯蓝天

比浩瀚的太平洋纯洁
比野草滩上的马兰花新鲜
这是八百年前的哈达
湛蓝、纯洁、高远

风扬起蓝色的帆
把骏马的蹄花搓成一根缆绳
小河流淌着蓝色的血液
浇灌神圣的高原

成吉思汗八百年前的马鞭
闪烁着蓝色光环
马背上的健儿驰骋千里草原
仿佛在一张没有边际的宣纸上
挥笔书写豪迈的誓言

2020 年 12 月

第五辑

时光隧道

哦，火车疾驰而过，一切都是梦
悲喜，怎能由未来决定

深夜里的琴声

我没有安睡
一听就知道是你轻弹的琴声
我看到你手指的旋律
时而高悬，时而低沉
稠密的悲思
像一串玉珠滚动

坐着、站着，不时踱着步子
静听深夜里琴弦颤动

高昂的一声
让我热血沸腾
低沉的一声
让我泪雨纷纷
凄凉的一声
是孤独在呼唤一个人
声声点刺狂乱的心

你的姿势在我大脑里锚定

单薄的身子起伏晃动

手指像蝴蝶的翅膀扇动

琴弦承载着无形的沉重

2021 年 10 月

选择与面对

阳光给予我无限温暖
草绿辉映天蓝
旷野流溢着芳香
内心就是百花盛开的花园

当风雨将光线压至最暗的时候
心是驱散寒冷唯一的灯盏
禁止后悔与哀叹
没有冬雪春花就不会烂漫

美好与欢乐，悲催与低落啊
仿佛四季轮回，大“道”在天
我们无法选择，只能坦然面对

2022 年 5 月

火车疾驰而过

又过了一个小站
停泊在未知的时间里

蓝色列车
草原上的一支箭
翻越高山，腹部在空中盘旋
车厢里装满南腔北调的语言
行李箱装着物品，手提包装着灵魂
身子随灯光摇晃，旋律不齐的鼾声
陪伴列车轰鸣

离开母亲的小姑娘
站在车厢一角，留恋昨天的梦
掉下一颗晶亮的泪珠
熄灭了一串灯
车窗外树木后撤
留下的只有前方

有人打开床头灯

翻阅手机最甜蜜的微信

“亲爱的想你了”“爱是永恒的真情”

这是长空传来虚无的话，真假？

看星星的表情

车厢颠簸摆动

有人读书看报

有人微闭深思的眼睛

偶尔听一听手表一秒一秒地走动

哦，火车疾驰而过，一切都是梦

悲喜，怎能由未来决定

2020 年 4 月

流水的月光

月光划过小城
悄悄抛弃了高楼、花园、广场……
清辉在郊外的草叶间游离飞翔
我像水中的一尾小鱼
在激浪中颠簸

三轮车还未开足马力
方向盘搬来天边的落日
烛照下含泪的眼睛塞满金黄
瞬间老年斑覆盖了山间沟壑
背影丢失了青翠欲滴的鲜活
那草叶间游吟的鸣虫
见证了月光赐予自己的防寒装

月光淘走多少春绿秋黄?
血液里奔腾的涛声在静静地流淌
当我们一起唱响歌谣的时候

看着流水洗出的两鬓白霜

感慨岁月，依然涌动着希望

2020 年 10 月

遥远的天王星

沿着星河的轨迹
追寻天王星

最鲜明的柔光
最温暖的情怀
从小植根于心灵

原来它只是一堆黄昏的峭岩
借助恒星的光首先点亮自己
不辞劳苦，穿行寒冷与黑暗
即使在万里之遥
也要把光明投向人间

2022 年 5 月

月亮跳入水中

一天中最好的时光是黄昏
太阳以疲惫的姿势骑虎下山
月亮跃出狭窄的天门
化妆过的圆脸笑得更灿烂
我收紧思维牵一条翠绿的嫩枝
在月亮跳入水中的那一刻
几乎把垂柳折断

我知道月亮从来没有贪欲
她没有占领鱼儿穿行的路径
没有入侵青蛙鸣唱的驿站
她未来的路还很长，宇航员
发回的信息，她的内伤还很多
她要珍惜时间，取出细碎的针线
抓紧缝补内在的裂纹
把美好的形象永远留在人间
她要走过时间的隧道
也会多遭磨难，有时骨头瘦成

一把弯镰，但她同样会跳入水中

慢慢漂流洗清自己的灵魂

2022 年 6 月

写给自己

——父亲节感怀

我爱万紫千红的春天
因为她终将枯萎
我爱葱茏茂盛的夏天
尽管多流汗水，热火朝天
我爱硕果累累的秋天
因为有父亲汗水编织的一株谷穗
我爱大雪封山的冬天
因为有生命苏醒前的喘息

人生苦短
春夏秋冬都有我的爱
这爱都来自于艰辛与失败
一百次不多，一千次也无妨
磨难无非是多流些汗水
失败，也不会弯下腰迈不开腿
叩开天门，穿过险要的峡谷
脑细胞增加了智慧——

多数热腾腾的脚印

少记苦涩的眼泪

2022 年 6 月

我的名字应该叫小草

我的名字应该叫小草
那野草里有父亲裤腿上抖落的泥土
有母亲拖长了卡在喉咙里的声音
还有我吮吸过的甜草
奔跑过的脚印……

我知道一棵草的领土是多么狭小
无法容纳暴雨狂涛
更无法与一棵山松试比高
只想在一步之遥的天地里
禅定、打坐，接受雨的洗礼
披一身纯洁的清霜
偶尔发出不打扰别人的声响

在清净的方寸之地习文写诗
但始终无法留住一纸厚的光阴
至今还被妄念操持，跑步前进
把一颗微小的心缩到皱纹的波涛里

预计在九十岁的时候

我会像个真正的老人

2022 年 11 月

做一颗被月亮覆盖的星辰

畅游过大海的人
心尖上就会挑起一轮明月
当鱼儿双翼划开水幕的那一刻
跃出水面随波荡漾
一张笑脸挂满水珍珠的铃铛
升腾，升腾，海面剧烈颤动

翅膀挑起黑色的风
大海依依惜别把她嫁给天空
馈赠她纯洁的白，晚霞的红
一盏明灯升起
点亮苍穹

月亮始终牢记大海的养育之恩
柔光随着波浪起伏，仿佛地球在晃动
航行大海的人啊
通体锃亮透明
淘一勺月光

可以治疗相思病

屏住呼吸能听到大海的涛声

我愿再次到大海边久等

做一颗被月光覆盖的星辰

2020 年 12 月

这条路很短

这条路很短
从起步到停车只有十分钟时间
早晨走，中午走，晚上走
直至太阳安睡于深山

这条路很短
可整整走了二十年
路比过去宽阔了很多
长度没增没减
因两条腿太短，始终走不完

这条路很短
还得继续向前
可以把专车换成公交
或者迈开双脚追赶人生的长度
像红军长征的当年那样

2021 年 9 月

大山深处

稀疏的雁鸣渐渐远去
踏着萧瑟秋风
走进从未谋面的大山深处
延绵的臂膀环抱一湾红黄紫绿
蜜蜂回家了，正是赋诗的好时辰

别以为大山臃肿痴钝
那是秋霜夺去了机敏的眼神
山脚下的格桑花，山坡上的雪莲花
山顶上的枫树红……铺出一片风景
长满改天换地的精神

阳光抚摸大山的每一寸肌肤
把最美的光储存在花蕊深层
诗人可以任意在一朵花里驻足
大口吮吸清新的暗香
清洗心肺的埃尘

这可能是神的世外桃源
每株草上披着宫女的裙裾
欣赏之余，我只采撷一颗音符
追寻一条爱的溪流

独标风景的大山
几经风霜还是那样从容自然
如果当年那位“轻舟已过万重山”的诗仙
来到这里，他是徒步还是
坐船？在这百花争艳的世界里
肯定，醉饮三天

2021 年 10 月

一只鸟占据了天空

两条腿像拉直的弓
“嗖”的一声发出一支箭
占据了天空，翅膀搏击长风
剪碎愁云，洒下一路
雪白的温润

高飞没有欲望
低飞不怀贪念
昂首向前，极目楚天的风流
低首俯瞰，清点树木、村庄、山川
它把什么都看得很淡，很淡

不怕风雪阻拦，使劲地飞
翅膀划过疆域，是自己打下的江山
但从未做标记，更不画疆界
完美的飞翔只为完成自己
羽翼下那洋洋洒洒的飞花
都是过眼的云烟

2021 年 12 月

追寻大山深处的黎明

睡得太沉了
呼吸被连绵的大山封锁
直到掘金者的锚杆疏通岩石的血管
烈性的炸药开出漆黑的花朵
你才慢慢苏醒过来，第一次看到
微弱的星光

头顶上的矿灯是掘进者的眼睛
他们振臂抽肩向煤海发起进攻
一群弯腰曲背的汉子脸上涂着夜色的黑
穿透大山走向纵深

这陌生的语言你是否能听懂？
睡得太久了，外部世界你都很陌生
你不理解一株小草的模样
更不理解那两只直刺心灵的眼睛
当他们用汗水敲打岩石的时候
那是破译煤海密码的声音

我知道你蛰伏于那个洪荒的冷血年代
雷鸣闪电听不懂，翻江倒海看不清
你那颗火热的心被大山挤压成一块冷漠的冰
破译者的声音距离你越来越近
他们为你的呼吸送去强劲的新风
机器轰鸣，满城路灯，建设一座
地下神宫

掘进者付出了多少艰辛？
倾听巷道里纵横交错的流水声
擦亮你眼睛的是锚杆铁棍
黑色身体包裹着火红的心
你们用勤劳，举起了永恒的黎明

2022 年 4 月

诗人聚会

我喜欢那一泓清澈的流水
从四面八方急匆匆地赶来
清澈无瑕，笑声连连
目不转睛盯着一碟吊足胃口的菜
早来的步履勤快，迟到的
一路与花草嬉戏

餐桌旋转着笑语欢歌
有对童年的怀念
有对金黄谷穗的欣赏
一张圆桌闪烁着纯洁的光
拐弯处也有止不住的眼泪流淌

举起酒杯吧！
五千年文化是无情的诱惑
你说东他说西，一根弦里
允许不同声音存在，这也好
既有艰辛劳动，也应有独特思考

2023 年 4 月

问诊

牙根拔起五脏六腑的热毒
一辆拖拉机从耳朵里启程
医疗所塞满了疲软的人
咳嗽的、打针的、输液的、把脉的……
修理身体，恢复以往的功能
一张病历证明你曾经来过
黑色的片子云山雾水常人看不清
但都是自己身体的一部分

回避无用，删除是自作聪明
只能由那位眼镜架在鼻梁上的小女子
在屏幕前做决定
此时，我劝那些把慵懒储存在时光里的人
赶快问诊，压过悲伤的那一刻
为你庆幸

2022 年 4 月

向一位长者致敬

头发白了
那是你戴了一朵悠闲的云
眼睛花了
沿路忽视了许多风景
背驼了
拐棍承载着生命的负重

你的腰弯成了九十度
那是把什么都放下的姿势
抑或是在向大地母亲鞠躬
同时叩拜上苍

你老了却与悲切苍凉无缘
抬头远眺高山，低头淡定自己
胸中扬起搏击巨浪的帆
跨一匹骏马飞向遥远

2022 年 5 月

一条抗争的鱼

尾巴跃起落下
使出浑身的劲鞭打抗争
从不闭嘴，以最大的肺活量
捕捉稀疏的空气
一道闪电击中头部
身子一歪，任由一盆凉水摆布

缺氧成了最后的一道关口
每一次艰难呼吸
沉寂的基因似乎被解脱
幻想从平坦的路上突围
回到自由航行的老住宅

最终失去了记忆
白天夜晚都是漆黑的世界
是否还在思念那涛声阵阵的大海
或在梦中欣赏夜色的旖旎？

脑海中那座发光的池塘

在黑暗中向你敞开

又渐渐关闭，只有下辈子

才能找回美好的记忆

2022 年 5 月

原野的星空

原野深邃
星星目光闪烁
从青草的缝隙间可以看见
灿若桃花的少女站立小河两岸
数不清，有点乱，争相冒尖

我盘坐在星光里
与沙柳一同呼吸，清香植入细胞
与小花交谈，艳艳的红点亮草原

夜归的人影含着星象
大自然的灵气摸到回家的方向
裤脚上的露珠点亮一路芳香

哦，漫无边际的星空哟
蒙古包点缀在原野上
打开心扉，万物都在闪光

2022 年 5 月

暴雨

小鸟的翅膀并不柔软
树头晃动，一支离弦的箭
穿透黑岩石垒砌的云堆
火车拉出蛇形般的闪电
迅雷不及掩耳之势，把浓烈的
盛夏推向窗前

老天暴怒，学着人的样子
青筋暴涨，掏出大把大把的银元
砸向高楼，砸向原野
小草簌簌颤抖，甚至趴在地面
黑沉沉的街道，前脚后脚相互追赶

闪电所至的强光手起刀落
像是警察追赶逃犯
雷霆万钧的怒吼，远超萨尔马特导弹
催促季节按时搬迁

树椏间那只小鸟

伸长脖颈，探视着白花花的水面

2022 年 6 月

东胜街头的清晨

连日的晴朗给人错觉
仿佛每天都是一个味道：火辣
四通八达的马路上不同款式的车辆
一闪而过，不知道是大款还是中款
车流有时像长龙摆尾，喇叭此起彼伏
长号短号不规则的鸣响

马路两侧挤满了行人
白帽、红帽，有的还穿着棉袄
提工具箱的，扛铁锹的
还有举广告牌的……
他们挪动着疲乏的脚步
眼睛抢夺过路人的举动
手机上闪着焦躁的神情

街道两旁的小饭馆正点开门
厨房里噼噼啪啪从门帘缝隙中
钻出美味的响声

老板娘慈眉善目像菩萨走出门槛

招手致意，向路人抛出花一般的笑脸

鸡肉盖饭、水饺、刀削面……

像说书，又像艺术表演

同一时间，街道上有不同的景观

正在上演

2022 年 6 月

蒙古族朋友

他的肩胛有一米宽
手掌像一把蒲扇
脸盘上有成吉思汗的影子
一身豪气，淘洗衣服上的沙粒

他向站在山头的巨石
甩出蛇形的套马杆
不小心套住一匹野性十足的枣红马
那钢针一样的长鬃摇动山峦
那腾云的四蹄要把草原蹬翻
那狂烈的嘶鸣吐出一道闪电

他从不畏惧撒野的狂烈
胳膊勾成一把千斤重的铁钳
烈马的脖筋上压着一座小山
后蹄飞翻，红光被灰尘熄灭
枣红马乖顺地戴上笼头
眼睛泛起惊悸的狂澜

他神气十足

邀请我们喝酒

这是相互认识的最好机缘

眼睛开花了，酒杯还在调侃

每个人的脸庞上，绽放着笑颜

2022 年 6 月

哪一位是高智商

你很关心我
见面握手的第一句话：
你今年多少岁？
我理解这是见面礼
但我无法准确地告诉你
因为以纸片上的年份，推算年龄
是错误的

测试年龄
不像测试汽车的尾气
五十三度的老白干是最好的检查仪
三杯下肚观其颜
五杯下肚听其语
半斤下肚气宇轩昂
你说这是健康还是骨量？

谈笑风生围坐一张圆桌
杯杯相碰，你甜我香

人情啊，一条走不完的周长

眼睛的底片摄下各种丑态假象……

你说哪一位愚昧？哪一位高智商？

2022 年 7 月

雨夜代驾

夜像落水的乌鸡
酒店门前停放着一排小车
车顶上水柱像连接天地的灯捻
一潭明镜跳跃
似乎要击碎闪电

雨把漆黑抱得很紧
数不清的天线汇成万丈深渊
师傅们幸运了，今晚洗车不收钱
解解乏吧，但酒喝多了
别忘记买单

这是一次饮酒的狂欢节日
老天恩赐，安静四方
圆桌上推杯换盏，彩灯妖艳
玻璃窗涌动着一波又一波新纱帘

师傅们用最大的耐心熄灭雷电

十二点钟了，门口还有人等一张生意单

像渔夫等待他们的小船

马路一片银白，不停地踩刹车

五十元人民币的面值

是否被大雨缩减

2022 年 7 月

只要良心居中

风的袭击
可以改变季节的方向
新的位置
可以改变一个人的命运
不同生活轨迹，有的选择荫蔽
有的选择珍存。但删节时间的人
随时会被生活捉弄
所有的骄傲只是一张名片
虚荣和财富一夜之间都可以
化为灰烬

每一次回望
都应该发出哲理的声音
在日子上镂刻明亮的诗句
胸襟纯净
在路口栽一株希望之树
春天绿意盎然，冬天飞鸟安宁
在荒山野岭竖一座灯塔

不为自己，只为照亮路人

记忆不再是无根的浮萍
拥抱一座大山攀登
屏蔽虚幻的语言、缥缈的爱情
手执火把，意志坚定
永远追赶拓荒者的脚印

经历了多少世事？
从镜子里翻阅两鬓
记录清晰可见——
不是所有的播种都有收获
收获者未必都会播种
不是所有的智慧都能化作财富
但所有的草木都有绿有红

永不亏欠他人的红利，牢记
“己所不欲，勿施于人”的古训
人生闪光，惠及子孙
首先要良心居中

2020 年 12 月

荒草去留也无妨

走进冬天的深处
空气中细碎的声音在破裂
原来舞动过大地的花草
只是根系抛在原野上的希望
今天花谢了，草折了
当昏暗的晚霞落到地平线上
像草原上残败的部落

当纤纤小草顶着强权的沙砾
从冻土压迫的殖民地里冒出来的时候
都曾做过大树的梦想
白天为金光架起遥远的桥梁
夜晚护送星星落入银河
这自由的馨香已被时令收割

她为美化大自然
昼夜向大地鞠躬
她为迎接朝阳怀抱露珠照明

她为护送晚霞承受孤独与哀伤
她随时把大爱馈赠给牛羊
再送小蜜蜂一缕纯净的清香

花草的性子从小就柔弱
但干旱、烟火、严寒、病毒……
都奈何不了根的力量
它只借用一把泥土，聚拢元气
会适时举起绿色翅膀，填充
一个人的空旷

2022 年 11 月

暂且把忧伤挂在枝条上

干枯、瘦弱
几片卷曲的黄叶与寒风摩擦
倾心滋养的丰茂逃之夭夭
落地的柴草以挣扎的姿势抵抗
窝被抄袭，小鸟被寒流捆绑

我记得花草葱茏的模样
鲜嫩欲滴的花蕊在细雨中绽放
穿越丛林，小鸟斜着翅膀
乔装一朵花，粉蝶不敢声响
穿行林荫路，双手拨开一道绿缝
心肺吞咽清香

还是那棵草
寒霜已碰落枝头的硕果
即使月亮从云缝中钻出来
谁能解除孤独与惆怅？
当时令吹响口哨的那一刻

长长泪滴流入花豹皮的沟壑

我该学习沉思
放弃置身四季青春的幻想
先把悲伤挂在枝条上
拒绝美酒的诱惑，重新温习功课
懂得悲欢得失的常理
即使走一条坎坷的路
不惊、不乍、不急、不慌
放眼山高路远的人生风景
为自己开一张解郁宽胸的药方

2022 年 11 月

乘一枚枫叶寻找黎明

枫叶飞落

又一次划破昏暗

隔着窗户向我告别

卷曲着身子穿越夜空

寒风中留下寒号鸟的火星

一曲秋的长歌

装扮了所有人的美梦

寒风折断了琴弦

枫叶跳岩自尽

星星感叹，眨眨眼睛

乘一枚枫叶

踏着惊涛骇浪的路

裁一袭月光照明

穿过暮色深沉

寻找久思不忘的黎明

2022 年 12 月

老菜刀

这把刀年龄大了
已失去了抽刀断水的能力
但又舍不得丢弃。找来一位特级磨刀师
他左右端详，用食指轻弹刀壁
漫不经心地说：刀老了，好质材，磨一磨
和胡须刀一样快

话锋一转：我是刀的性格
你的容貌和这把刀相差无几
我爱说真话，你别生气
我笑着回答：经的风雨多了，容貌憔悴
可否把我的脸和身子骨也交给你?
师傅赞许道：我把砂轮交给你，先打磨心态

是啊，我自己觉得心卷刃了
头脑也生锈了，虽然温热如故
更多的只是对以往的眷恋与回顾
呼一缕清风，再蘸点雨水，砂轮起飞

宝刀顿时火花四溢

亮出了它的锋利

2022 年 12 月

致敬

直观是走马看花
视线钻入骨缝才能找到画家

我看到画家的笔刚柔并举
点线中藏着功夫与美誉
向画布填入赭红、棕褐、嫩绿……
只留下少部分白云，像是
黑暗里诞生的黎明

你栽种了多少森林?
普度千年枯木逢春
你翠绿了多少草原?
牛羊超过草叶茂盛
你激活了多少青春?
甜蜜的爱情隐藏在花草丛中
你沸腾了多少血液?
建设大军高歌猛进

啊，亲爱的先生，我没考察你的简历
你一定是在千回百转苦难中塑造了深沉
时光之手虽然无情，但始终
磨损不了你庄严的本身
我为你的美学致敬

跟着你的画笔走向高山河流
从未怀疑我作文赋诗的艰辛
看着铅印的文字熠熠闪光
我就能与世界保持平衡

2022 年 12 月

来自大山的钟声

我还没走进大山
首先遇到的是钟声
铜是哑巴，自己原本没有声音
匠人把它铸成钟，定时施以棒槌重刑
让它终生疼痛。但它有话语权
像一个有修养的书生，又像一个
爱憎分明的铁人

我一步一步向钟声靠近
袈裟撞钟，脑袋溜光升腾
他肯定来自五台山寺庙，钟声涌动经文
频率均匀，那些盛不下的余音越过山峰
树木肃静，小草虔诚，新的姿态
书写大自然的新作品

多少大寺庙坐落在五台镇
里外充满钟声，那敲钟的人微闭眼睛
让钟为他发声，说了些什么，听不懂

我随着钟声在空中旋转
那久跪在钟声下的人
偷偷地望高香，脸色苍白
是心虚，还是虔诚

2022 年 12 月

惊蛰

当第一枚叶子变黄
大地随即皱紧了眉头
花儿以入睡的姿势枯萎了醇香
河流以缓慢的速度停止了奔流
小动物收起蹄印深藏了嘶鸣
残枝败叶疯狂地追赶寒风

唯有老树高举抗寒的旗帜
挺拔在荒芜之中，宣誓自身价值
严寒驳啄，风雪欺凌……
不哭诉，不弯腰，以沉默抗衡
时光没有腿，但深信会送来
第一声春雷的信息

这是宇宙敲响的钟声
从天际滚到地面，震耳欲聋
小虫子醒了
小野兔出窝了

小草的根系串联了

泥土伸伸懒腰，眉头渐渐舒展了

八十岁的老人，神清气爽

血脉畅通了

春雷响，万物长

生命从来不只是一种颜色

树梢上若有若无的烟岚

是万物发育中强壮的呼吸

哦，与新一年春雷相遇实属不易

我不愿遗忘——2020 的记忆

但我要勇敢地奔向 2021

写于 2021 年惊蛰之时

公交车

拉一轮朝阳
从不抱怨超负荷
拉一轮明月
车轮碾碎一路灯光
驾驶员的目光随时与站牌对接
化解焦急，为拥挤的马路
留一片空阔

马达循环播放欢乐
大爷大娘抬手遮阳举目眺望
司机敞开心扉，一字长龙的笑声
填充宽广胸膛
不同的口语、不同的音色
翻越昨天的历史，憧憬明天的梦想

2020 年 6 月

不朽的风景

——致一棵老树

铺一席杂草
横卧在泥土之上
额头伸出纤细的手指
举着几枚金币
欢呼蓝天，欢呼大地
陪衬的价值就是自身的屹立

被风雨扭曲了几千年
从不与山水花草争高低
穿着寒风雪雨缝制的衣裳
背着雷电鞭打的印痕
皱纹里不含一丝忧愁
枝头上的红布挂起一道彩虹
浓烈的香火祈求与天地长生

以本真的老配合夕阳辉煌

远山近水的青枝嫩叶都在鞠躬致意

假如失去一尊神的存在

将无法突显金黄的飘逸

不朽是一帧无限风景

让时光，更艳更美

2020 年 8 月

环卫工人

启明星悬浮于尘土之上
黄马甲是黎明的指向
一把扫帚计量马路的宽度
脚印追赶大街延长
密集的咳嗽被寒流遮挡

纸屑、落叶阻挡秋风的速度
瓜果残皮预告季节寒凉
乌云紧压城市肩头
细雨似针芒，刺穿反光的马甲
在骨骼里寻找暖窝

街道上车来人往
不规则的速度纠正扫帚的方向
某人拉响汽笛长音
扫帚发出细瘦的命令
护佑打伞的老人、嬉戏的幼童

啊，早起晚归的人

在稿纸上天天书写整洁干净

在城市的大乐园里

扫落星星，写出火红

蘸着浸泡夜色的墨汁

写下干净的人生

2020 年 8 月

开三轮车的人

汗水冲刷日子的尘埃
机械三轮省略了脚蹬的苦力
从此生活安装了发动机
风雨无阻，忘记吃饭休息
衣袖抹平额头的汗珠

为供货商运送瓜果蔬菜
为高楼大厦搬运钢筋水泥
为百货批发部运送糖茶烟酒
为住新房的人搬送锅碗瓢盆高档衣柜
技巧单一，手脚勤快，笑脸常开

穿梭于大街小巷
答答鸣响的发动机催促自己
多拉，快跑，挑战人民币
从不当小偷，挣钱靠自己的苦力
灯光刻出影子的纯真美意

无法与汽车相比

三个轮子必定少了速度和力气

长流的汗水是最好的润滑剂

焊接一个比机械更快的新轮胎

三轮车走出巷道轰响城市

一定开进新建的楼房里

2020 年 8 月

钉鞋匠

一把大伞顶起太阳
两只木箱筑成围墙
目光中安放着一堆：商务鞋
高跟鞋、运动鞋……
粗糙的手、黝黑的脸，无欲无贪
只追求生活信念

右手捏一把手术刀
左手为鞋子把脉诊断
上下翻转，仔细寻找腐烂的痛点
手摇机走走停停思量治疗方案
一圈一圈绣出马路新图案

阳光质地的钢钉，金光闪闪
远比老石匠的岩钻要强硬
锤子比拳头威严，一下、两下……
尼龙绳拉紧久经考验的肌肉
缝合了小刀徐徐划开的夜色

弥补马路的创伤之痛

一枚钢钉挑开路人的眼睛

大步走吧！一路光明

2020 年 9 月

寒流

树枝颤动
做梦的人纷纷醒来
风板着面孔，手握梅花针
刺入山川，刺入骨髓
治疗李时珍未曾命名的病症

寒流肆无忌惮，不需要路径
更不在驿站休息
横扫高山大河、城市楼群
点刺穴位、抽动神经

寒流浓缩了盐的精华
净化大地，擦亮天空
一帘湛蓝的绸缎
让你自然绽放成一朵蓝色牡丹
蓝得勾魂，蓝得要命

枯萎的草木穿着蓝色衣裙

风吹连成一片

风不吹举起一个信仰

为苍茫大地祈祷

为远方的朋友唱一曲赞歌

小兔小鼠别战战兢兢

这是难得的大爱之声

当时令宣布它散开的时候

喜鹊登枝鸣唱

万物都是最美的神

2020 年 12 月

十月的荒草

阳光缓步西行
小草怀抱落日之心
同事之间纠缠不休，试图
围剿群山或广袤的田野
用意志抵挡寒风，但随时有向
浓霜妥协的可能

仔细端摸小草曼舞的姿势
勾肩搭背、耳鬓厮磨、窃窃私语
商讨一场盛大的演出
草叶随时抖落金色颗粒
宛若暮色里动荡的星辰
低调释放倔强之美的任性

草丛中两只白鹤
在微风陪伴下练习生疏的舞步
不时拍拍翅膀咕咕地叫
可能是呼朋引伴要抛弃孤独

也可能是敲打灾难的警钟

瞬间翅膀从我头顶划过

天空留下一行生动的印痕

穿着不规则的外衣站在荒野之上

伸出舌头舔舐苦涩的味道

一半温暖，一半思念

把自己完全交给漫无边际的荒野

用体内的悲喜耗费天的空旷

甘愿脱胎换骨，守望故乡

2021 年 10 月

十月的风

——写在立冬之时

不需要呼唤
更不需要欢迎
以横扫大地的姿势如期而到
夜幕酿造的露珠闪烁着一把刀

树枝上悬挂着一片叶子
艰难地舞蹈，望着地上厚厚的金币
只要自己纵身一跳
就是生命的完美轮回

老柳树卸妆了
他从未把衰老认作凋零
一根枝条敲打着寒风，孤独
是岁月的馈赠
沉默只是热烈的安静

时光静静地萦绕着寒风
安好都在那本尘封的相册之中
翻阅以往，时光曾给予我们风华
今天理应淡然从容

冬日伸出冰冷的手
它是我们久别的良友
也是虎视眈眈的敌人
别唉声叹气，它给予我们
多少风霜雪雨，同样会给予
我们多少花香鸟语

穿一身厚实的防寒装
让体内的温度燃烧成一盆火的红
微笑就能融化前方的迷雾
再跨一步，就是百花争艳满园春

2021 年 10 月

老年村

喜鹊登枝
昂首翘尾叫个不停
叫醒村庄，叫醒一群老人
他们弓腰曲背，双手托着阳台上的栏杆
遥望马路，车来人往的图景
遥望挺拔腰肢的古树
拔节向上的幼林
清晨树枝把阳光梳理成数不清的金条
细碎的金黄落满村庄
热，红彤彤的热
温暖着树的一颗心
老年村绿色蔓延
笑声摇动着树林

群山环抱的老者
年龄平均在一百岁之上
老人们说：从不知道古树的年龄
小树是他们的子孙

红军当年从这里走过，将手里的粮颗
交给老农，把夙愿与福祉搁在小村
年轻的村支部书记在一方石碑中
破译了红色密码：爱民、为民
那参天的古木就是村里的灵魂
那挺拔向上的小树就是村里的活力
那白发苍苍的老人，掉了两三颗牙
笑得舒展大方，就是村里一道亮丽的风景

别看这里居住的是老人
他们的目光比阳光拉得还长
不模糊、不干涩，因为这里的饮用水
源远流长，纯净、清亮
儿女到外地打工、经商、人民币源源不断
从红色邮路上飞回村庄

孙子正在读大学，自愿申请毕业后一定
返回老年村，重整土地的雄风
爷爷奶奶都是脱贫攻坚的受益者
他们立志要当振兴家乡的主力军……

2021 年 10 月

雨

我喜欢绵绵细雨
但不知道该怎么表达它修炼过的性格
蒙蒙的天色劝我静静地躺在床上
它悄无声息落在房顶，潮润我身体的干涸
细细的语言告诉我：洗洗澡，清清热

半睡半醒的舒坦之时
天色茫然，不知是否有雨来过
勉强打开窗户，手臂上像绣花针滚过
哦，这雨其实是一根垂直的线
洁白、轻柔、端庄、亲和

抬头仰望，云还在天上
有黑有白，但它们不争辩是非
总是释放出身体里最纯洁的颜色
像两小无猜的孩子，更像猎人的眼睛
安静地欣赏对方

我曾经写过很多雨的故事
但从来不知道雨落下的那一刻
有多绝望，因为甩落在地
雨就变成了水在歌唱
和流在我脸上的汗水一样
数不清的小溪，汇成了大河

2022 年 4 月

与小松为伴

童年时
我就爱山上的那棵小松
或者说，我就想代替他的肉身
至今总觉得我就是它

手攥得太紧
把一年缩短成一天
细数所做过的事情
都是螺丝钉
把时间的发条拧得很紧

茶吧是什么样子？
估计也是青瓷大碗
翻一翻读过的书
红杠蓝杠交错前行
一簇松叶站在时间的夹缝里
向我致意

哦，书页已到了秋天

这黄不是谷物的颜色

掂量掂量它的重量

一生也只是一天

不要再等渡船啦

站在太阳的光环里

便可自度

2022 年 7 月

静卧在树头上的白鹭

趁着夜的安静
一只白鹭静卧在树头上休息
洁白的绒，银发丛生
思索什么？计算树的年龄
还是欣赏树的青春

新生悄悄降临
枝条伸展亲和的手臂
优雅地托起别样的致韵
原本形销骨立的枝干，顿时
丰腴、婀娜、柔软富有弹性

荣幸啊！落雪不付钱，高人一等
收拢舞姿，静观新世界
把自己雕刻成喜人的风景
只想静静地融化自己
成为大地的一部分

2022 年 11 月

沙漠里种植阳光

——访库布其沙漠生态阳光

阳光很高

眼睛够不着

初冬之时，太阳起得晚睡得早

沙漠也不再习惯黑暗里游走

更多的地方还需要温暖拥抱

这里是库布其沙漠的腹部

暗藏着一种捕捉光的神器

聚拢乒乓球案板上所有的技艺

海海漫漫望不到边际

一座凝聚光的城堡，辐射

牧人豪迈的情怀

没听见喧嚣嘈杂

只看见它在一丝丝地煎熬光的浓度

与寒冷对峙，魔手伸向苍穹

仰视蓝天，捕捉光源的汹涌

迎接初升的太阳，沙砾
收集露珠里每一滴光

火星可以在案板上起飞
镶嵌在天空任何一个部位
柔软的太阳雨在案板上弹跳
流向大漠孤烟直的地方
让孤独的孩子们把寒冷忘记

集光板沉默不语
厚实的储存更没有膨胀头脑
绵里藏针，缓缓走进电网
伸向沃野，五谷金黄、牧草疯长
一个新课题通亮大路小路
荒漠里种植新型阳光！

2016 年 11 月

伊金霍洛草原之行

六月的阳光
一处山明水秀的家园
蒙古包站立在羊群中央
炊烟徐徐升空

瞭望成吉思汗的高地
埋藏在远古深处的旷野
蒙古包在马背上颠簸
撒下一路痕辙

春天寻找向阳山坡
夏天跟随清流欢唱
秋天在水草茂密的深处安营扎寨
冬天背靠大山搭一座暖窝

牧人的心灵生长着青草
牧人的血脉流淌着清纯
他们喜欢和草原迎朝阳，披彩虹

跨骏马，牵一条狗追赶长风

辽阔的牧场
也养育着狂野的性格
三尺长的马鞭飞起通天埃尘
马蹄收回遗失的草原
哈达银碗托起一个
朝代的兴盛

2018 年 7 月

秦王朝和他的卫队

远远就看到一个朝代的雄伟
屹立于大门前的青石结构
高大的碑文跨越几千年
传颂历史的回音

秦王朝和众臣的基因里
一定是隐藏着某种没有鉴定过的激素
或回溯千年的膨胀剂。人来人往
不断为他贴上保鲜膜
世世代代

肉体驮不动朝廷的重量
只能借用石人、石马的脊梁
士卒不再愿意隐姓埋名
牵着战马披星戴月，终于走出地狱
开始学习农田里庄稼的声音说话

向纵深探望
一个朝代只剩下突兀的黄土堆
时光用风雨霜雪，正在缓慢地
打磨这个肿胀的物体

放下身段，首先要低于两旁的村庄
抓一把朝阳，洗一洗浑浊的眼睛
看到今天的火箭军、坦克队、无人机……
秦王可能再次召回士卒隐匿

饱经风霜的士卒，抗旨
泥手泥腿泥心肺，每一粒沙子
奔流着民族的骨气。根已深深
扎在泥土里，不再走东走西
静听清风，播颂着新时代

2017 年 9 月

在岁月的路上

还是以往的冬
黄叶无奈，搅昏天地
岁月在路上行走
调皮的风扰乱花发
虚伪臃肿了体态
猛回头，身体有失衡的感觉
太阳已站在生命的右肩

我回到了弱智时代
现在的孩子超过 4G 的智商
一路奔跑追赶 5G
我还喜欢纸质的书
嗅闻油墨，淡雅清香
在轻柔的台灯下，手指触摸
纸的刹那，沙沙的翻书声
抽出一丝温阳的光

孩子们热爱电视上的摇滚
却成了我无法接受的噪音
偶尔播放的那几首老歌
《洪湖赤卫队》《南泥湾》
《我们走在大路上》……
啊，那是祖国的气息、家乡的味道
在我的血管里荡漾

2019 年 11 月

巨浪飞花

——国庆游黄河大峡谷

峭岩对峙
同披一件翠绿衣衫
猿啼退到纵深之处
一条深莽莽长龙嵌在大峡谷之中
像母亲的脸一样平静
恋恋不舍，儿女之情

一列小火车
沸腾的欢呼压住心跳的喧响
扣紧安全带与小伙子飞翔的翅膀对抗
左拐，额头与河水碰撞
右拐，我们跟鱼虾同航
啊，山在旋转，
我们与黄河一同飞翔

这是一颗正在起飞的童心
淡定发出追赶时代的强音

船尾种下万顷绵朵

我想收藏但它不扎根，也没有屋顶

只能把这首颂歌唱给大峡谷听

2022 年 10 月

漂流

——国庆游黄河大峡谷

远望陡峭的山岩
翠绿醉人
一条黄龙从画中走来
悠悠荡荡，我们藏在画廊之中

山坡上的树叶有了倦意
初秋的风吹来柔软，我像
回到童年时代。美景没有惊险
狂热，可以用另一种方式谈恋爱
哦，时代翻新了荒凉与破败

朦胧的幻觉中，看到李白
“两岸猿声啼不住，轻舟已过万重山”
跌宕起伏的小船像一首狂飙的长诗
含着风的节奏，两岸的小草
上演一场芭蕾舞剧
诗圣啊，欢迎你到黄河大峡谷

2022 年 10 月

峭岩上的小村

——国庆游黄河大峡谷

与几位小友
沿着嵌在峭岩上的小路
上坡、下洼，迂回成风的模样
丈量垂柳发梢的悠长
四合小院里一朵含笑的牡丹亭亭玉立
比喷泉更洒脱

旧村庄的尘泥烂瓦
已打入库房，了解过去
只能目睹视频上复制的残垣破墙
脚步挪动，思绪持久沉默
破旧的心境盘旋在生锈的小路上
不知当年是否有人写下凄苦的诗句
我只能用叹息留恋过往

阳光从东山头升起的时候
村民再次展开新生活

那整洁的小楼房叠放着嫩绿的命运
古老的黄河踏着时代的梦想
唱一首新歌。小树听见了
村民清醒了，红灯笼更亮了
心与光明大道一同延长

2022 年 10 月

天桥

——献给跨越天桥的有情人

有河流的地方不一定有桥
滔滔急流无情、沉默、古老
只看见跨越的距离
天神抽走了抵达彼岸的通道
心路淤堵，跳河？还是祈祷？

天空滴落飞鸟的叹息
飞南飞北整夜忙碌
七夕正午，从嘴里吐出一座
七彩大桥，打通跨越天河的距离
两颗紧扣的心在秋风里散开

谁走近谁？
相互打开心门，沿着生命的脚印
从这头走向那头
两个不同世界的人
你的人生是锦绣，我的人生是桑麻

牙齿咬破一颗心，像一口黄连的碎渣
泪水掀起巨浪，倾泻而下
就算倾盆大雨的日子
也淋不透轻烟飘柔的灵动之美
你煮茶，我的目光在茶香里飘游
我的细语，填补你心的空隙

多少个夜晚我走进星星的那头
那里有一座周游世界的花园
你的声音里有我一生的荣耀
我轻声对你说：你是我的全部
梦醒时，我的心强烈地刺痛
雨水打湿脸颊，却找不到确切的理由

多少次，我孤独地在梦里游走
不想看见此时的天空
痴痴地遥望大地
遥望拉犁的黄牛，仔细打量扶犁的你
灰色的流云一次次覆盖双眼
无力更改命运的玩笑

今天，多么喜庆啊！

铁一样的心再度开出春天的花

在这无边的明月里

再多听听你五谷飘香的脚步声

在这浩瀚的宇宙里

你再多看看我比云朵轻柔的衣裙

今夜，你在哪里？

谁会掐灭夜空的明灯

时间像不会说谎的夜晚

在焦急中失去原本的口音与体温

哦，这突然而至的寂静与距离

又多了一份千年的思念

2020 年 8 月 25 日（农历七月初七）

高原上的火焰花

读全秉荣老师《家书全汇》，敬仰之意油然而生，故以诗志贺。——题记

日月从你胴体悄悄走过
皱纹勾画出风痕雨迹的踪行
一位铮铮铁骨的高原汉子
盘点黎明、黄昏、闪闪星光

几多辛酸，几多兴奋
植入山松的骨风奏响追求长歌
踩着时光的坚石踽踽前行
即使崎岖小路，肩扛重量

浅月之镰剪出博大与宽容
孤独与疲惫点亮困乏的星辰
高擎一支永不衰竭的笔
矗立在风雨之中

头顶蓝天，手握四季风
舒展前额，高耸独具智商的雄峰
任烈日残酷的爱，狂风粗犷的吻
一盏照耀新航标的明灯

背影拉得很长
随时静听祖先希冀之声
双眉紧锁虔诚的目光
扬一头白发，苍凉缠满温馨
打捞先人永不枯萎的灵魂

凝望高原景色
顿悟了千万次感恩之心
祖先为何扎根这片土壤，繁衍奔忙？
因为这里盛产五谷、鸟语、花香
以及和睦、安详

面对阳光揉碎的温暖
饱满之心高扬豪放的歌
赤子深情跃然纸上
开启今生的全部热望

一如祖先企盼的那样辉煌

啊！高原骄子
哲思的聪慧，高原的脊梁
诗文汇就亲情、友情
蓝天下你用淡定书写宁静
双脚踩出一条路
引渡自己；昭示后人

雄鹰展翅盘旋
一朵火焰花盛开在高原
大爱的情感，张扬赤子的志向
升腾！升腾！伸向远方！
鲜红！鲜红！花朵飞向长空！

哦！原汁原味的家族情怀哟
骨缝里永远散发着芬芳
流溢清爽，光照路人
一代一代，意韵悠长……

2021 年 1 月

第六辑

一朵小花的醉意

那些爱我的人，很多
没记住姓名，甚至忘记了面孔
但一想起他们对我的爱
我就幸福地，开出了花

爱我的人

在泥土里生根
在时光里浸泡
直到头顶开出了别样的花
在细细的小路上，遇见了
许多我爱的人，他们的额头上
闪烁着许多星星

我是一株芊芊小草
阳光雨露是最合身的衣裳
温暖，圆润，轻柔，透明
天地灵气悄悄钻进心房
我有翅膀，不愿飞翔

那些爱我的人，很多
没记住姓名，甚至忘记了面孔
但一想起他们对我的爱
我就幸福地，开出了花

2016 年 4 月

穿越寒冷之后

天空依然一片苍茫
风呼啸着寒冷，冷得透骨
雪是真实的，就在眼前飘飞
落在身上，落在手心
不是箭镞，但有穿透肌肤的杀伤力

用雪花铺设一条路
直达杏花村，探寻花的世界
把春的气息储藏在内心
回望穿越寒冷的旅程
也是人生里的某一场电影

2016 年 1 月

喜悦

一座清澈的池塘
不知道谁丢进了一颗石子
荷叶卷起两朵小酒窝
长出一串串笑声
含着一份羞涩的月光

喜悦跳到眉梢与嘴角上
一朵陌生的花
在脸颊嫣然开放
满脸的春风，无边无际
两朵红晕，在眼睛里一点点散开
嘴角上翘，挑起一脸的甜蜜

哦，姑娘，你心中装的喜事到底有多少?
溢出来吧，你的欣喜
就是，我的祝福

2015 年 8 月

窗户里拥有大世界

我站在窗前
画框打开敞亮的视野
大院里人来人往，形色各异
拉长视线，长天高远
无论细雨蒙蒙，还是阳光灿烂
蓝天可以纵向延伸，又可以横向拓展

此时，上午十点
太阳越过楼房，教导老柳树
让它脱去旧装，剃去陈旧的毛发
自生一身鲜嫩的绿芽
老柳树点头承诺，顿时精神焕发
这时我听到冰层下的声音
时而像歌唱，时而像说话

别对小小的窗户有怀疑
我在屋里拥有长天
可以双手举起太阳的温暖

但为了看到星星的光芒

同样也喜欢夜晚

2022 年 12 月

嗅到了一丝春的气息

桃树冷静地摇曳

直至桃花烂漫

一朵一朵勾肩搭背的粉红谜团

即使在夜晚也有吮吸不完的甜

油工穿起印染洁白花朵的工衣

手提一把刷子

用春风为家家户户美颜

除去陈年旧岁的尘埃

油盐酱醋的味道就是母亲的真理

母亲又一次系上小围裙

先洗刷锅碗瓢盆

再清点冰箱冰柜

她摸摸床头的小棉被

只想看到小孙女洒下激动的泪滴

檐头上燕子的旧巢

翘首眺望远方

它用南国的语言筑成一道避风墙

无论如何不可能让儿女们再流浪

即使借助大雁的翅膀

也要在这里享受幸福与快乐

尽心整理一下心灵

就可以嗅到一丝春的气息

2021 年 12 月

建造一座爱的丰碑

走进旷野深处，仍然
固执地追赶一颗星星
走进高原，仍然梦想
六世达赖燃烧雪山的诗篇
大千世界包容着剪不断的情缘

语言本能地释放爱与被爱的磁性
花草把阳光种在高原，多姿多彩
潜入布达拉宫模仿小偷
获取一部万世经典
在母亲的炉灶前
拌着小米饭，刻印在心间

从此，我给自己设定了底线
建造一座大爱的丰碑
拯救视野触到的苦难
细细品味，盈盈的笑脸

与朋友挥手、眷恋，仇恨

成了一种情缘

2016 年 6 月

路过小河

因为不是周末，不是节假日
路上车辆稀疏，人自然少了很多
一条银色的清流悠悠荡荡
唱着欢歌，打磨着乱石迂回而过
三三两两的垂钓者，比大青石更有耐心
目不转睛盯着水面，眼神偶尔
打起一圈漩涡

一只鸟衔着白云在蔚蓝的屋顶下飞翔
几经旋转落在我的前方
犀角一样坚硬的嘴巴插进水里
一阵清凉后再拔出来，轻松地拍一拍翅膀
我爱它洁白的羽毛
爱它身上所有柔软的黑色

芦苇和蒲草翠绿了小河
清风举着堤岸上的柳笛鸣奏悠扬
鱼儿踩着音节，快三慢四地舞蹈

贪婪的欲望追赶柔软清波
飞身钻入草丛，蓝天在水底摇晃
一片白云又一次收拢飞翔的翅膀
久久站在绿色枝头环顾四方

我想伸出手臂拥抱白云，搂住绿色
因为白云是我的翅膀，绿色是我
生命的光泽，我要带一捧泉水的清凉
洒向心灵里，那干旱的地方

2017 年 7 月

飘落的秋叶

往日的霞衣悄悄隐退
叶脉含着蝶的煽情痕迹
小鸟飞来飞去，可能是挥洒
苦涩的泪水
唯有那缕好色的风
掠走所有的美色，甚至卷走残骸

她的追求很美
春天情丝飞扬，夏天蓬勃扩张
青山葱郁，流水清冽
她的追恋诚切
护佑红果，直至与母体分离
梦想实现了，随时轻轻落地
瘦弱的身子，依然把大地抚慰

风随时结合她们相互倾轧
又随时把她们拆散分离
举起冷冷的皮鞭，再喷一口寒霜

瘦弱的叶子遍体鳞伤
那小气量者，长吁短叹
那看淡红尘者，仍挺着脊梁

青春短暂，背着风霜的重量
斤两称不准她的历练
她自觉减轻了青春的回望
毅然放弃了生命的含量

她懂得：鲜亮不是常驻符号
无论是高扬还是低落
无论是绽放还是郁闭
不迁怒于天，不抱怨于地
用一生的精血，卯足勇气

2017 年 11 月

追赶彩虹的人

不发布告炫耀自己
从黑暗的泥潭里捕捉灵魂
哪怕是小燕子衔来的一嘴泥
天天垒高，编织成
一条横跨天空的彩带

勾住田野，提起河流
为蓝天涂上最美的色彩
红，是人的精气神
黄，是大地的厚重
绿，是永不褪色的青春

少年时立志造出彩虹
无数次光着脚丫站在河边
向天空泼水，期盼彩虹降临
无数次奔跑，追逐将要消失的彩虹
相信它一定会再次升向天空
泪珠里闪烁着的

是我少年的身影——

那彩虹只有现在

2020 年 12 月

把清晨打开

一扇窗，打开清晨
横卧在雾霭之中的山岚
好像还没睡醒，我把
一夜的失眠送给它，绝对
不收任何费用

打开门，打开麻木的身体
把血液里的锈挖出来
交给清风化解
再把灵魂里的污秽挖出来
交给环卫工人清扫

还要把天空打开
打开惊雷与闪电，试一试
云的汹涌，雨的清凉，风的荡漾

打开清晨，打开折叠的心

让梦想天高地远

飞翔在新的展望中

2020年3月

风

打开窗户
一缕情意绵绵的风飘拂窗帘
与屋子里的陈旧握手会面
轻轻漫过我搭在窗扇的手背上
把我的视线拉向远方，一道清流
在花草上停泊

窗外的图景很美，风也清香
突然雨线被风弯曲，左右飘荡
细细的滋润打捞我无限回想
童年时在山坡野洼被风吹过
树头上捉麻雀，山岩上建土房
我和小草一同掀起绿波

如今风还在吹着我
和我一样，被风吹过的人都老了
不过我还是不想关上窗户
因为风是我的挚友，不管它脾气有多大

只有它吹着我，我的身体才柔软

我的脸颊才会闪放红光

2022 年 4 月

涌动的暗流

西山
像铁匠炉喷射着火焰
顷刻变成滚滚浓烟
汹涌流向大地，肆无忌惮
一棵老柳镇定自若，坚守
内心的秘密，一只老鹰
展翅飞翔，目力已在我视线之外

一群麻雀乱飞
逃避劫难，没有闯过暗流的勇气
也没有高站树头的能力
在黑色风暴中，它们
有着惊慌应有的色彩

我也在跋涉
在这黑色的风暴里
用视力把尘埃撕碎
在这黑色的浪潮里

不需要说什么，勇往直前

双脚飞到黎明的对岸

效仿一条鱼的技艺

2016 年 8 月

天空的嫩芽

你爱美，我爱美，天空更爱美
当轻纱遮住夜晚的时候
独绣一弯柳叶眉
我担心夜风的后果，祈求你把
柔嫩的根芽扎进昏暗的土地

头戴一朵秋霜，情人的手
翻滚热浪，把沉重的话丢在一旁
情丝与柳叶碰撞，沉落在
水面的影子，生怕破坏
平静的清波

秋水打湿了额头
也滋润了月牙眉的清秀
丰满的日子都在寂静里团聚
天不醒时，只有一枚柳叶的轻柔

河柳深深低垂，其实是

月牙甩下的根须，微风

轻摇着柳梢，数不清的轮回

左勾右描，姑娘在

水面上微笑

清风送爽

请带一瓶好酒

让嫦娥眯起微醉的眼睛

让玉兔尝尝酒的香醇

月牙虽然离得很远，秋千荡得很高

柳丝把清辉摇成碎屑

2016 年 9 月

上善若水

细细清流
洒下一滩泱泱银波
清流在绿草丛中缓缓蔓延
荷花叶铺成一条小船
载着天地灵气的善良
载着日月精华的芳香

清净无瑕
抽出缕缕银丝淘洗沙粒
打磨岩石，身躯向下，向下
川流不息地濯洗窜天嫩芽
即使走过小鱼的脊背
只为收藏一湖带彩的落霞

依偎在小草的怀抱里
随时接受天地灵气的净化
一颗澄碧的初心
是皇宫里走来的少女

洒脱无瑕

柔软的身段

宁愿填补低洼，不愿高攀

携着血液里的谦和善良

激越的浪花交给山岩飞溅

2018 年 8 月

好运来了

跟着风来
还是拽着雨线落地?
一个幽暗的光波缓缓移动
山高水长都无法阻挡
悄悄潜入我的身体
没留下任何踪迹
内心总有一种强烈的感知
轻松，愉快

白天一朵红云在头顶盘旋
夜晚一支红烛点亮幽暗的内心
光明驻守在灵魂里
多条大路向我展开胸怀
走向空阔的大世界
身子跟着百灵鸟飞

我确实不知道运气是什么
屋内的器具相安无事

大人小孩笑口常开

读书看报，诗的亮光满屋生辉

几回梦中笑醒来

通过内在的光影交换

打开身体生锈的每一个穴位

摒弃了医用钢针，也不用铁匠的大锤

耐心一寸一寸摩挲我的身体，仿佛

在探险，随时排除隐藏的暗雷

它选择了我，要做我的保镖

跟随我早起床，伴鸟飞

唱歌迎朝阳，打开封闭的胸腔

清洗心肺

2019 年 8 月

柔情的月光

不需要云梯铺路
只需要一缕柔光吊装
情不自禁地走进月亮的怀抱
俯瞰八月的夜，清风
盛满淡绿色的薄荷

月亮抽出最细的纤维
悄悄抚摸一朵花的醇香
这柔情，由时间的闸阀控制
每当圆润的时候，总要
看一看微笑的小酒窝

跟随月亮多年
我知道它情谊淡雅
但并不轻薄，没有半点理由
怀疑它的纯净与真诚
回眸千年，多少身披轻纱的

少女变成新娘，多少男儿

写下青春无悔的诗章

2016 年 8 月

一句迟到的话

小草突然丰满
格外兴奋，又有些慌乱
争分夺秒要显示自己
粉蝶驰骋疆场
我担心，幼嫩的花瓣
承受不了翅膀的重量
请慢点起舞，慢点追赶
只怕月亮不耐烦，眨眼的一瞬
花的影子再难相见

高楼大厦只是一把伞
摸摸自己的心，走得很远
回眸，放眼
望见她的身影染绿了田野
望见她在山那边
露出粉红色的笑脸
望见她在家门口焦急地顾盼

有一句迟到的话，再不能隐藏

爱的花朵快飞出心窝

2023 年 4 月

傍晚的林荫小道

西山收起红黄色衣衫
人们不紧不慢走成一条曲线
我说不清他们之间的关系
是生疏还是亲密?
即使擦肩而过的人们谁也不在意
因为闲适的时间完全属于自己

夜幕，不是什么大问题
青春浪漫还没学会初恋的表达
灯光下，一张脸像树枝上的苹果青
另一张脸像盘子里的苹果红
捂着嘴巴，树叶偶尔发出嬉戏的回音
甜甜细语在林荫小路上打下烙印

他们回避灯光刺眼
用感觉测试华灯初上树梢的体温
窃窃私语结出一群晶莹的露珠
随手揪一把心思，萤火虫漫天飞舞

沿着漫无边际的小路，走啊走

两颗星星忽闪忽闪靠拢

忽闪忽闪屏住了呼吸

一篮子丰满的月光

拍下一张永恒的照片

心房颤动，从未怀疑星星的眼睛

更不留恋那杯咖啡的苦与甜

只愿天天有一个牵手的夜晚

林荫小道满载心跳的春天

2020 年 9 月

不知从何时学会了爱

不知从何时学会了爱

可能就是你从东方升起的那一刻

我眯着眼睛看你

看你的学养，看你的品味直至心里

随时倾听你拔节的声音

我舒展在你有神韵的眼睛里

不知从何时学会了爱

迷恋与你的拥抱

吮吸你体香的味道

温暖的情怀必有花朵开放

只愿在淡淡的幸福中

就此沉醉

不知从何时学会了爱

因为你的目光撒遍了我的全身

化作墨香藏在我的花盘里

我日日诵读，夜夜吟唱

树木静默，花草鼓掌，日复一日

2020 年 2 月

夜风吹过

挑开月光
抚摸田野蟋蟀的鸣唱
捡一片金黄的树叶
寻找丢失的童年
父亲生锈的犁铧
敲打出土地喑哑的声响
玉米拔节，喘息着飞逝的时光

可否借一点月光？
照亮老屋的破旧门窗
看一看满脸皱纹的母亲
以及那只不离手的箩筐
听一听屋檐下那窝雏燕
怎样呼唤我的乳名

乘着夜风
驻足旧居的村庄
聆听铁匠铺敲打夜空的脆响

钳一块出炉的铁

补平岁月的凹缺

芬芳我生命旅程的——

依然是一个人的爱与忧伤

2020 年 10 月

山丹草

根须紧抱泥沙
山岩的泪滴在骨头里游走
低微的身材举起奔腾的浪花
刻骨铭心的爱，从春天开始
一泻千里

一瓣细小的绿叶撑开一方天地
浪漫的情怀随着山风的涛声
奔走相告，不分山的高低
姐妹携手并蒂，四溢灵肉的生机
从不卑微

送走暮霭迎来晨曦
目睹狐兔出没，聆听野雀欢啼
风霜漂白了少年的额头
唯独山丹草年年报春，亭亭玉立
高擎一盏鲜红的灯火

伴随春风舞蹈

翅膀举着绵绵细雨纷飞

即使身披寒衣，也酝酿着内心的春光

一朵小花的醉意

香飘十里之外

2017 年 6 月

走进公园深处

沿着曲径小路
穿入纵深
隐隐闻到花香
我即刻想起了往年旧时光
桃花红，梨花白，绿柳翠
记忆漫游到最深沉的呼吸

清风与我碰面握手
可始终没找到蜜蜂的踪影
但花香不会因为寂寞而变味
更不会因燕子迟到，影响花飞
我把爱挂在树的枝头
边散步边等待，直到自己
也成为颤巍巍的一朵

2018 年 2 月

樱桃果

从飕飕的凉风里走来
一串一串的鲜红

女大十八变
细微的丰满悄悄闯入路人的眼睛

势利的蜜蜂总喜欢季节的笑脸
风驰电掣地飞翔忘记了冷落霜寒

你不是哀怨，是补充秋的缺陷
内敛了更多情欲的时尚考验

时下只愿与风谈冬天的苦寒
面对凋零死亡静默而坦然

向着空旷的原野敞开胸怀
心是一棵聚拢眼眸的红玫瑰

2016 年 9 月

日落西山

西山站着一尊大佛
把袈裟抛向天空铺在大地
蒙古包冒出纯洁的炊烟
徐徐上升献上最真诚的祝愿

牧羊人卷起沾满红黄的幸福
左手提着马的缰绳
右手扬起牧鞭
牧羊狗跑跑停停既不离开主人
又要清点羊群的蹄印

母亲白天围着羊群转
昏黄围着灶台转
我的年龄与灶台一般高
伸长脖子看奶茶沸腾的新鲜
只等母亲递来一个碗

腊月二十三

母亲把灶台擦得油光铮亮

当灯光收走窗外的余晖之后

双手端着一盘热气腾腾的手把肉

三炷香火点亮全家人的心愿

温暖了蒙古包，染红母亲的脸

2022 年 1 月

草原牧歌

西山挂起黄铜色帷幕
羊群匆匆登场演奏
长歌短调，此起彼落
前挤后拥一路小跑
急匆匆地向孩子报喜
奶瓶里装着百样清香

群马飞扬
抢先披一身金黄
蹄花敲响激越的鼓点
尾巴卷起黑色狂澜
这是力的象征，气魄的狂放
一声嘶鸣震碎雾霭
淹没了羊群杂乱的演唱

一场大联欢
惊涛骇浪
天时地利人和

谁还能说牧场孤寂荒凉？

深圳苏杭的大剧院里

也找不到如此的大气之歌

2015 年 9 月

不愿惊了林间的小鸟

月黑天高，轻轻地走
但不是作案的小偷
蓝天白云，悄悄地走
别惊了林间的小鸟
尊重一朵花的芬芳斗艳
尊重草丛里牛羊的自由洒脱
尊重小鼠跳跃石头的嬉戏
尊重草原上所有生命的安宁祥和

我只想静静地走过
哪怕是乱石荆棘的荒凉
均匀地呼吸从头顶漫过的阳光
站在一览众山小的峰岭
听一首仓央嘉措的诗歌
等待一颗晶莹的露珠
抹去一路的尘埃
穿一身小草的衣裳

2017 年 3 月

月光的细微之声

羽毛柔润草原的夜空
平静的蒙古包发出细微的回响
鸟儿衔着金敖包的吉祥
不惊动狗的酣睡，向人间洒落

晚霞提升了草原的夜色
月亮悄悄潜入湖水，为鱼儿做媒
你追我戏游弋在月球之上
封建魔咒早已消匿
这里的婚姻是自恋自爱

只有小路还是那么固执
一条纤细的线牵着肆意疯长的花朵
红黄紫绿竞相绽放
胜过青春招摇的姑娘
马头琴提着若明若暗的芬芳
飞向远方

2017 年 9 月

期待一朵雪花开放

我喜欢雪花
喜欢她站在灰色的苍穹里开放
无忧无虑，扬扬洒洒
一张洁白的宣纸铺平了山川原野
滋润干涸的心，呼唤世界

乘着雪花飞扬
就能捕捉到梅花清香
乘着雪花飞扬
就有催生百花怒放的力量
撒一把雪花荡涤破败与陈旧
抚平千沟万壑；捧一朵雪花
慰劳干枯的小草和久渴的沙漠

我听到
牛羊的嘶叫声中透露出沙哑
杨柳的皮肤褶皱了许多
阿爸手牵那匹汗血宝马的眼神

无奈地忧郁，令人心伤
沙柳柔嫩的小手还在衣兜里深藏

远远瞭望，透视云的厚度
望久了，雪花就会翩然起舞
万物的轻灵身姿，交汇银光
那草原的篱笆小路，蜿蜒的心思
熠熠闪光
叩开宁静的心房

2023 年 4 月

梨花

昨天

你含羞包裹自己

夜深人静对着镜子梳妆

今天容颜芬芳

清风把你的全部糅进我眼里

全身馨香

我在颤抖，很难控制自己

歌唱还是哭泣?

很想扶一扶新娘的盖头

可惜自己不是新郎，犯规了

小女子会羞愧

我的爱，不再用语言表达

无瑕的洁白，完整的香味

一棵树，干净了一座大山

2016 年 4 月

寂静的山间小路

——登大青山抒怀

没有鸟鸣，没有蝉音
树叶谦卑地低头，静听自己的来世今生
曲径小路蜿蜒着寂静，刻印着
人生的坎坷与孤独

躬身喘息
登上花果山就可以构建一个水帘洞
与神的天堂比美
唐三藏啊，请你快到此处取经

两步一停，三步一息
把眼球的容量放到最大，采集风景
把手伸得最长，采摘野花、野果
还要观摩奇异的石头，因为它斑斓的表面里
藏着猜不透的迷惑

我们不愿轻装快行

只想把所有的风景背到山顶
偶尔看到隐藏在林荫间的房子
其实它们是树的另一个品种
更像是我们走散的情人
闲坐在大伞下的老人，一边品茶
一边挥发微笑的表情
飘逸的长须那么白，肯定是月亮
每天镀一层银

站在老人餐桌前的一只狗
抬头看了一眼来路不明的人，默不作声
转向老人的背后，为我们让路
它谦卑的眼神，比我温柔
是因陌生而胆怯
还是山风就这么淳朴？

缓缓登上山顶
一棵参天大树举一朵白云
风雨斑驳的根穿透岩石
绽放着陈年的笑容表达感情
根段上新生的小苗是有福之人

刚出生就放眼千里蓝天，大山的手臂
紧紧把它搂在怀抱之中

小路气喘吁吁把我送向一棵大树
继续攀登，需要向孙行者学习武功
摘一串星星，为那只善良的狗
扎一串铃铛，回馈小路
竖一排闪亮的明灯

2017 年 7 月

夜晚

西山收走了黄铜
树木围了一块漆黑的头巾
工友们侧着身子斜躺在树荫下
用方言与家乡对话

这里清爽也安静
能听到一株草与一朵花的情语
那些苍老的拄着拐杖的山榆
因缓慢而坚硬
因坚硬而不惧怕夜的再度光临
黑云把星星搬到另一个地方
失去光明的心更安静

夜晚、夜晚、夜晚……
周而复始快速滚动
抽烟的星火照亮故土的路
那颗漂移的星星已落在屋顶
薄雾还在树的枝丫上打盹

此时，银白色的发丝朦朦胧胧

唯有眼睛半睁半闭

仿佛闪烁的星星

2018 年 7 月

春天来了

每年这个时候
时针为寒冷上了闸阀
冰冻的身体酥软直至融化
人们一层一层剥去衣服的重量
男男女女由暗变得鲜活铮亮

柳树松弛骨络，从母胎里抽出嫩条
拉得很长很长
蜷缩的小虫以孙行者的姿势前翻后滚
远离严寒的冬，丈量大地的体温
那顶开硬土的嫩芽
帽檐下的水银柱即刻放松

沉静是泥土厚重的属性
包容与宽怀鼓励枯萎复活
树木把阳光拉在枝头，
酝酿一场更大的开放与自由

小草躁动不安，要闹翻世界

小花撅起小嘴，鼓足勇气

要重新打造芬芳艳丽

小蜜蜂唱着情歌飞来飞去，企盼

以蜻蜓点水的方式谈情说爱

还有那桃红柳绿最终蕴育成

滚圆的果实，和我童年的气质

隐隐契合

春天来了

清风扫去虬须的杂乱与花白

紧跟春风的节拍——

晨练、会友、写诗、作画……

春天在我笔下

熠熠生辉

2019 年 3 月

优雅的生活

山村里能工巧匠很多
种瓜得瓜，修枝成林
早中晚与草木一起优雅
与泥土一起和谐

农闲之时喜欢摆弄锯子、斧头
墨斗线主持公正，准确地把一棵大树
裁割成方圆平扁
新居方方正正

晚饭后
常在树荫下陪伴月光
怀抱一把二胡
清泉在娴熟的手指上流淌
一曲山西梆子或准格尔民歌
疏通全家人的经络。流畅的人生
跳跃高昂

也有月黑天高的时候

他们的手善于在黑暗中摸索

而且摸得准确，黑夜与白天都一样

物欲淡薄，粗茶淡饭习以为常

每天吞咽泥土的气息

生活优雅安详

2018 年 7 月

又一次走进那片松林

炎热的夏天
又一次走进那片松林
青枝嫩叶与我握手欢颜
白云在树梢上休闲
几棵大树撑起瓦蓝的天

天不再高阔辽远
几块石头就填平了世界
小草以瘦弱的身子摇晃大地
红黄紫绿的小花站在石头上争艳
小鸟比飞机速度快了许多
眨眼之间降落到下一个航站

不愿让一棵小草在脚下倒伏
只想呼吸大自然原始气息
不忍心摘一朵小花别在胸前
只想让它多一些时间鲜艳
爱惜勤劳的蚂蚁，繁忙建设家园

不惜单薄的身子背负一座大山
随时可见野兔、松鼠的多情
凭借机灵，围着一棵小草
嬉戏缠绵

亲爱的孩子他妈
这个时候千万别拉长声音叫我吃饭
这里的野果野菜绿得可爱，天然呆萌
这里的小鸟音质清脆，歌声
悠扬婉转

敬爱的领导
这个时候千万别打电话叫我上班
我走了，树的针叶会站立不安
小草、小花会憔悴笑脸
小兔、小鼠、小鸟的泪水会压扁树叶
我空出的地方，谁会来填补

2018 年 2 月

每天一条路

住宅区到公司大楼
大约 3000 米的距离
只是几十年路程的一小段
365 天始终走不完

上班提前半小时，从不怠慢
100 多岗位都按时正点，甚至提前
只等一个明确的信号
扫把打磨照亮人影的地板

盘碗筷碟，醋酱料盐……
巧手设计一桌子小花园
炉火通红，映红厨师的笑脸
这里不能只喊空洞的口号
顾客的胃口是最好的裁判员

岗位琐碎平凡
严谨细实像舞台上的艺术表演

工作就是一条规范的流水线

我的眼睛琐碎、忙碌，不停地运转

就像小商贩在夜市里摆摊

就像每天走过的一条路

2018 年 8 月

离别的疼痛

没有刀伤，没有流血
一阵风走过，绿叶就要枯黄
苹果升高了血压，鼓涨着脸要跳伞
玉米卷曲叶子，准备皮肉分离
花儿哭丧着脸，含着满满的一滴泪
唯有土地还是老样子
宽阔的胸膛装满绵绵情意

果实有多大，伤口就有多大
根有多深，疼痛就有多深
怀胎十月的婴儿降生了
母亲还需再练一套武功

从种子到果实
就是从幸福到疼痛
离别时，请抱紧自己的灵魂

2017 年 8 月

洁白的飞花

雪，轻轻地飘舞
静静地洒落
草茎摇晃
从寒冷里抽出羽翼
比蝴蝶的翅膀还薄

临行之前
对灯火人间充满幻想
看高山舞白裙
听平原唱恋歌
当她得到温暖的礼遇
热泪流成小河

蛰伏于泥土下的小虫
伸展细小的愿望
睁开眼睛看一看新世界
清凉温润冒烟的喉咙
身子蜷成直尺

用自己的语言叙述沧桑

小麻雀急速穿于林间
飞来一片白
为大地镀了一层银
吵吵嚷嚷结婚喜庆

在冰凉的晨雾里
最先走进公园的是年轻人
男男女女的表情，成为挂在树枝上
顾盼生辉的花蕾

啊，洁白的雪花，飞吧
事物都要革面洗心
漫天飞舞是最真实的表达

2016 年 1 月

风水之家

鸟儿飞得不高
腹部刚擦过树梢
飞来飞去，在树椏间徘徊
欲安家先看风水

衔一根柴草
翅膀抖动一片阳光
先为树木注入绿，再为安家编织墙
夜晚听风雨
翅膀抚摸月亮的光

鸟儿敬佩树的担当
永远站立，耐心等待
即使酷暑隆冬，风霜雪雨
从不挪动自己的身躯

树枝伸出长长的缆绳
树叶是大海中的船板

随时升空降落

游览乡村、城市、山川、森林……

翅膀撒下一路歌

小鸟快乐地追寻自己的梦想

要把树籽撒向远方

那些拉大锯的人

定会听到小鸟的悲鸣

2016 年 3 月

清华献词

走进知识的海洋，女儿为我导航
她熟悉世界新路，即使纵横曲折
小车以缓慢的速度
连起生机勃勃的景物
我左看、右看，向远眺望
可惜后视镜只会观赏，不会储藏

不知道这里
有多少古今中外的贤达
有多少破解神话的纯洁嫩芽
有多少开创未来的梦想
只能仰望蓝天，等待宇宙回答

青春气息来来往往，擦肩而过
打伞姑娘的矫健刻印在马路上
背书包小伙的视线被眼镜拉得很长
急匆匆的脚步无暇顾及你我
他们与朝阳赛跑，晶晶汗滴

在绿叶上闪烁，思维闪电
阻挡越界的朝阳

站在青春四溢的人流之中
我即刻拉回远去的青春
此刻，我是你，完全和你一样
原来你就是我，我在你的年华
也是汗洒如雨的匆忙
不同的是，在不同的世界
你定了航标，我未找准方向

我久久凝视那株高挑的花朵
一滴深思的泪珠悠悠晃荡
感动还是悲伤？谢谢你清华
在这里终于找到了我

走出清华园，交错的路把天空散开
那么多问号从我大脑里走过
化学反应？物理现象？
我听到同一个频率的脚步声
在不同方向回响

我抚摸着不同姿势的青枝嫩叶
手指沾满清香，以最大的肺活量
再一次呼吸新鲜的空气
那含苞待放的花蕊在嘴唇开放

啊清华，南飞的燕子，北翔的雄鹰
今天跃入大海，遨游知识海洋
明天跃上蓝天，播撒梦想

2018 年 7 月

你老了，枫叶正红

——致贺政民先生文学艺术六十周年

你从小喜欢登山
意志铸成力的硬度跃动
跨越，感受人生的高度
沉默，黄河滩扎下一条红柳根
头发被风拔起又落到地面
星星细数智慧的皱纹

赛场上你从不止步，一路马拉松
神经搬运着文字跳动
六十载耕耘，迎送春夏秋冬
双脚踩碎小石子
额头撞碎雷电警钟
回望黄河滩上的青松
一支挺直的笔，枝叶葱茏

你本来不是登山队员
却攀登悬崖峭壁高山峻岭

遥望长空浮云丢下的行踪
惊飞小鸟一天的行程
你用心血涂成密密麻麻的墨迹
白纸上烙下深深的脚印

你把时间发条紧了又紧
汗水洒下一路星辰
邪恶贪欲与你擦肩而过
紧跟朝霞欣赏清脆的鸟鸣
年轻的人民艺术大师啊
大自然一道亮丽风景

在不同的等高线上
时间变幻都在你掌控之中
旭日东升，你昼夜为绿色播种
红日中天，你拔节追赶长风
十月小寒冬，你忙碌智慧的储存
啊！始终追赶一览众山小的顶峰

风知道你在云雾中凝结了多少露珠
站在最高处晶晶闪亮，从不怕寒冷

伤体、伤心，早已被激情淹没
鲜花抚平你沟壑纵横的皱纹
绿叶欢呼，拍起雷鸣般的掌声
你老了？
不——枫叶正红！

2019 年 10 月

第七辑

故土长歌

阳光从黄土上走过
金灿灿的黄，生命的故乡
地下深藏的秦砖汉瓦，还在
酿造米酒，温暖每一粒黄土的
心脏

陕北的黄土

比面粉细
比玉米黄
捏一粒土，手指即可搓成金粉
在空中飘荡，暖暖的喷香

指头像镀了一层蜡
皮肤立刻滑柔了很多
这是原本的肌肤，更是一个
遥远的生命之壤，看得久了
控制不住泪雨洒落

奶奶用黄土捏成窑洞
冬暖夏凉
黄土墙的小台板上
常点三炷香，她向我说：
黄土的深层，住着数不清的神灵
凡人要用香火与他们对话

牢记奶奶的训导
常常在夜深人静的时候
俯身贴耳倾听，细细的黄土
有传导功能，只要心静
就能听到由远而近的呼吸声
抓一把黄土，就有脉搏跳动

偶尔在黄土岩畔
看到裸露的白骨
不知道他的姓氏与后人
更不知道他来自哪个朝代
哪一个族系

阳光从黄土上走过
金灿灿的黄，生命的故乡
地下深藏的秦砖汉瓦，还在
酿造米酒，温暖每一粒黄土的
心脏

2017 年 9 月

黄河古道

夕阳，润色古道的晚霞
紧绷的云，松弛了大山
这暮色中的辉煌
像对我的迎接或告别

河畔的暮色，在无知的烟火
润色之下，温暖着自慰
所有的小径熟知自己的终点

黄河切开大山，时而清澈
时而浑浊，它是山岭的避难者
它是不断追求前途的行动者
它坚定不移，肯定自我存在

面孔善良的村庄，千百年在古道上来来往往
颠簸起伏，那随影同行的瓜果蔬菜
多姿多彩像是又一个村庄，里面装着
汗水浇灌的花朵

古道上的人一如既往与泥土做伴
古道上的人一如既往与浪花和谐

院墙的外围，人鼎沸腾
叫卖声汇成交响乐，一米多高的阳光
赶着奔跑的农用车，一趟一趟运送蔬菜瓜果……

2020 年 10 月

走进父亲童年的大山

是我多年的梦想
良心也在前后驱动
我必须走进父亲当年的大山
寻找刻印在山岩上的足迹
再看看他背大山的身影

群山连绵
山谷里只有一线天
去邻家需要爬上一座山
看亲家翻过一座山还有一座山
邻居亲家都是大山的子民
根系拥抱，青山长青

阳光从东山头倒向西山头
石头有记载，山榆穿绿衣
月亮清高也孤寂，捂着半张脸
让人猜想她藏在内心的谜
听着山间潺潺流水

大山拽着父亲的梦寸步不离

父亲八岁就扶犁耕田
每天随着布谷鸟的鸣叫走进大山
临走时，奶奶把发火的石头、艾草
装进他的衣兜里
野狼野狗嗅到火苗点燃艾草的味
就退避三舍，沿着一粒火星
就能找到土窑洞里的长明灯

2020 年 4 月

大地上的一株红高粱

一株红高粱从幼年走来
青竹的模样，装着一腔青翠欲滴的水
到了豆蔻年华的时候，
她比少女更风韵，扬出的花是
纯真的国粹

清晨，东山头扑下一锅沸腾的阳光
她的枝头立刻燃烧起雪白的火焰
飞落大地，身子越发温暖
白花畅想厚实的硕果回报勤劳
不忘初心，烂漫大地

真正的红
必须得到秋风的抚摸
必须接受阳光的洗礼
轻风的花香孕育着色香味俱全的红果
怀揣信念，满山遍野的军人
唱响丰收的歌

高粱开花，像姑娘们

在阳光下发出的笑声

一枚激情燃烧的火焰由白变红

儿女们紧紧簇拥在母亲的怀抱

向劳动者释放含糖的浓蜜

向大自然释放醉人的酒香

一株高粱就是一个村庄的小康

沉甸甸的硕果，饱满圆润

一母同胞的姐妹

在一穗红高粱中亲密得淋漓尽致

随着眼神风雨变幻，她们

始终手牵手肩并肩，红满原野

实现梦想是共同的心愿

哦，新农村有太多的新事物正在发生

最让人兴奋的是农人的勤劳

大地的厚重，丰收像红遍大地的烈火

在山坡野洼哗啦啦飘扬

2021 年 9 月

父亲：一株绝好的庄稼

土地改革，翻转了乾坤
区委书记拍着父亲的肩膀：
你是土地命，这块二荫荫地就交给你耕种。
父亲喜出望外
从此在这块土地上白天挥洒阳光
夜晚紧揽月亮，一辈子与日月同辉
吃野餐，闻馨香

春天，他左手扶犁耙右手撒五谷
老牛把时光拉得很长
犁铧翻开陈封的希望
夏天，他弓腰曲背，禾苗在锄头下开出花朵
肩上的那块毛巾陪着汗水流淌
甜盈盈的笑声在泥土里生长

当大雁还没有展翅的时候
他走进了秋天的金黄
谷穗亮出情人的姿态

把父亲揽入温暖的怀里
父亲扬起手臂拉展谷穗与自身等高低
脸上挂着喜悦的泪水

父亲心灵手巧娴熟农技
每一个姿势都焕发着泥土的诗意
玉米高粱都是他的亲兄弟
这时候我突然想起：父亲就是一株
绝好的庄稼，不分春夏秋冬
他都生长在厚重的黄土地

2021 年 10 月

我站立的地方

我端庄地
站在一块石头之上
这块石头很大、很大，无边无际
但我的心总把它浓缩为一面红旗的面积
迎着山峰，猎猎飘扬
携一片彩云披在我身上
还原它固有的雄姿
巍峨的群山、奔腾的长江黄河
即使在风和日丽的时候，它低垂思考
如何在 960 万平方公里的大地上开花结果
把自己开成饱满的谷穗、沉甸甸的高粱

此时，我在群山峻岭的
边防哨所站岗，这里是我的故乡
远在千里之外，父母的居所是我的故乡
天水相连的南海是我的故乡
天山牧场的歌声是我的故乡……
在我心中，故乡和亲人都如影随形

即使夜深人静，我面向大山喊一声

故乡的亲人在梦中，一声一声清晰地回应

我是净土哺育的一朵雪莲，站在最高之处绽放

我也是大河里，一朵从不认输的浪花

日夜奔流跳动，只为亲人安详

只为国土繁荣、红旗飘扬

2021 年 10 月

准格尔山曲儿

山歌的曲调
就是山水的模样
山调山弯起伏在沟峁山梁
破开红色岩石蹦出震彻长空的音符
舞动山泉叮当，催促鸟语花香

一嗓子山歌
喊出了桃红柳绿梨花白
节律敲响锄头镰刀拉着四季轮回
打柴汉子的汗水在岩畔上滚动
牧羊鞭惊醒一条孤寂的荒山梁

那悠长的曲调
揽住万丛山峦，把小路拉向远方
送亲队伍的泪滴滚动着欣喜与忧伤
马蹄从时光下慢慢溜过
远方篝火升腾，烟花助阵
歌声从银碗里升起，漫过绵长的哈达

足以泛滥天空

穿越时空的山曲儿
一条古老长河，隔世流淌
长途跋涉定居准格尔，汇成海洋
新词新调翠绿如茵长满山梁
一串一串的山杏添满沟壑

歌声闪烁着爱情的火花
一对一对情人隔着大山对唱
爱的显影，大美的释放
富裕祥和的笑容搬来太阳
送走月亮，准格尔的山曲哟
在铁轨上飞翔

2021 年 11 月

盘旋在小路上的思念

羊肠小道，一根剪不断的血肉之身
七弯八拐，把群山紧紧捆在一起
拐弯处残留着父亲的汗水
敞亮、晶莹，与阳光同辉

我熟悉这方水土的成色
小路将男子的骨头塑造成锋利的峭岩
苦菜将女人的腰身塑造成纤细的草芥
人们只要闻到草香，胃就饥饿

踏着梨花的踪行
把种子抛撒成燕子的弧线
迎来布谷鸟催春的鸣唱
等待鹅黄的小嘴吮吸春风
迎接五谷丰登的金黄

多年后，我站在西北大漠的暮色里
起伏的朝霞呈现出遥远的故乡

思念是我最重的抒情

这里每一株草那么美，每一座山那么翠

昂首敬仰，低头忏悔!

2022 年 1 月

大青山峡谷

大空若无，一口锅的形状
蓝色的裙裾下飞着雪白的棉絮
一盏高悬的红灯喷射着火焰
金色的缆绳捆扎着漆黑的石头
路弯曲成蛇的形状
探索遥远的幽深

我比飞翔的蜜蜂小，若有若无
空旷打开我关闭大门的心
绿色摇晃激活我僵硬的神经
一朵花用最热心的甜蜜挂满我的胃口
遐想四溢，飞出山谷

溪间的清流见到鹅卵石就欢笑
微风清凉，一缕一缕放慢了思绪
不知名的鸟儿，说着五十六种语言
不知名的花草，翩翩起舞
小松鼠激情四射，像离弦的箭

摇动着树林，发出沙沙的响声
唯有一只小野兔，半蹲半立
以草丛护身
对我摇摇耳朵、眨眨眼睛、抖动嘴唇
它可能是专业广播员
介绍大自然的历史弥新
也可能是邀我逃离过去的我
一起新生

2022 年 1 月

家

家就是一座房子
为了这座房子白天忙、夜晚忙
梦中还在忙
在这座房子里我哭过、笑过、温暖过
青春焕发时多次点燃星星发光
今天两鬓已染秋霜

在这座房子里
我拽着母亲的衣襟，寸步不离
怕迷失方向，由此给母亲带来忧伤
在这座房子里，我站在父亲的手掌心
向亲人展示技艺，赢得笑声和喜悦
直到我长成房子的大梁

这座房子里的柴米油盐那么香
我的孩子从长出绿叶那天起
还是母亲当年用柴草温热的那面土炕
那袅袅的炊烟，弯弯曲曲

为蓝天彩绘成一片云朵

这房子受尽了痛苦，曾为我遮风挡雨
每一面漏风的墙都有担当
风吹雨淋，墙皮脱落，即使心里
有很多苦，依然选择沉默
在风霜血雨中拼打成一座丰碑
刻印着我永远的眷恋和敬仰！

2022 年 4 月

过客

故乡常敲打着我的童心
每一次的承诺都是美好的愿望
只是我懒得启动车子
更没踩一脚油门

不光是沉湎于祖先劳作过的山坡
父亲把故乡写在一张永不变色的纸上
他白天追赶鸟的踪行，夜晚搂着星光
把童年的种子埋在泥土里
提起一株谷穗细细思量

老家越来越老
窑洞前那条鹅卵石铺底的河
再也没有力气奔跑了，老得只剩下一把骨头
岩石哭干了泪，脱掉绿装
那座饱经风雨的石碾磨，紧跟
奶奶的小脚，已不知去向

哦，几代人一闪而过
血脉里的激流汇成一条长河
星星每天依旧在闪烁
故乡啊，我和你究竟谁是过客？

2022 年 5 月

春天的故乡

从四野走来凉爽
吹开清晨的明亮
豌豆花扬起粉裙
油菜花笑出一脸金黄
碧波连绵走向远方

朝阳匍匐前进
与露珠碰撞，摇动田野
玉米掏出红缨枪
谷穗勾住蜿蜒的炊烟
我闻到岁月跋涉过的泥土香

山坡上绽放出野花朵
像彩虹闪烁，打开我的记忆
青草中隐藏的小路在呼喊我
呼喊我的小名，欢迎回到故乡
回到春天的故乡

2022 年 8 月

油菜花

十月的阳光在一片油菜花里明亮
山坡上的油麦轻轻举起金黄
我的小车翻山越岭，怎么也追不上
连绵的远方

阳光匍匐在田野，照亮身后的老土房
瓦当上的野草，孤独地等待一缕缕
炊烟缭绕村庄，记忆里泛起
岁月漫长的微波

小路两旁盛开的花朵，口含阳光
打开我尘封的思绪，再次看到：
当年的山、当年的河、当年的花
点缀的故乡

2022 年 9 月

老屋前的沙枣树

父母不在了，老屋的旧址还在
大门前栽下的沙枣树还在
没有人与它交谈，它学会了搭理自己
孤独时，在树丛中休息
想念时，在纵横交错的枝条上
寻找当年的足迹

五月的阳光格外明亮
小黄花塞满了枝丫，即使在
夹缝里芬芳，胜过占据枝头的
蝴蝶轻轻抖动翅膀

我站在树下仰望
追忆沙枣果中保存的日月星光
此刻，有几朵金黄的花落在我面前
那花开花落的清香，像海潮漫上心田
波澜在眼睛里回荡

2022 年 9 月

窑畔上的老榆树

几百年了，始终伫立在窑畔上
它的根系与枝叶都应计算为工龄
每天拉着时光，迎太阳送月亮
任由麻雀踩踏，枝条由绿转黄
自觉披一身清霜

日子平淡如水，空虚中摇来摇去
抖落寂寞。把子孙遗忘在山岩之中
裸露的黄土上杂草丛生，布满腐烂的欲望
被风雪压弯的手掌，颤巍巍地端起一丝嫩绿
献给第一缕晨光

每当香火缭绕的时候
数不清的红布条欣喜若狂
换来了欢呼，编织成流动的音符
与飞鸟一起自娱自乐，炫耀自豪的神情
释放历史重量
白云飘荡蓝天的恩泽

它是古老窑洞的一帧风景

虽不能与南方的热带雨林相比

也没有进口水果的滋味

但它是历史的象征，大山的点缀

粗壮的根住进了奶奶的窑洞

虽有些萧索落寞

春夏秋冬都在释放嫩绿的鲜活

2022 年 12 月

跳跃峭岩的冰河

你紧跟时代不落伍
瘦身健美是智慧的选择
借太阳的温暖坚冰被水淹没
滴水汇成河，从天而降
带着清凉的翠绿闯关夺镒
滋润小草小树，惠泽大地

鄂尔多斯我的故乡
小草抖动小丑鸭的翅膀
树木抽出嫩条书写大自然的蓝图
乌兰木伦河打开嗓门歌唱
随着流水和鸟鸣的节奏
春的消息在草原上流淌

春意扑面的冰河
冰的棱角越磨越细，体重消亡
一河蓝格盈盈的清流悠然自得奔向远方
偶尔钓起调皮的小鱼称重量

啊，春的活力在草原，在冰河

在生命的深处……

2023 年 2 月

春天我变成另一个我

这是刚刚走来春风的日子
空气温柔干净，飞起淡淡的小绿
我坐在草原的沙柳旁
柔嫩的枝头抽打着阳光，溅落一地碎片
我披一身金色变成另一个我

天蓝得有些过分
好像走进放牛娃的时光
在野花上奔跑、追逐，学小鸟唱歌
抓住一只蝴蝶，放在草叶上舞蹈
我的身体也像长起翅膀

我牵着柔软的柳枝
春风把我弹向更动人的地方
握着手机，欣赏听惯的悦耳铃声
舍不得看内容。那幸福的憧憬
像一幕幕看不完的电影

2023 年 3 月

老家的旧围墙

战栗着身子遥望主人

阳光繁琐地写下无数记忆

墙里墙外树枝蔓延

以鲜嫩的绿自我陶醉

以柔软的身段编织温暖的港湾

泥皮脱落，墙体长出花斑

岌岌可危，欲哭无泪

从没有奢望，只需麦秸与一把黄泥

永远固守着无人进出的小院

时间会证明它真诚的情感

不愿再与狂风对抗

也不愿再让大雨洗涤

养生是延年益寿的唯一妙方

随时警惕在寂寞中崩溃，失去

时间的记忆。那飞来飞去的小麻雀

再也捕捉不到家的滋味

2019 年 9 月

清风吹故乡

风轻轻翻阅黄土地
反复过滤草尖上的露珠
三百六十五天与小草不离不弃
我被过滤成一株带霜的芦苇

这里的老人曾向我说：
黑土地是盘古开垦的，生命
是黑土地生长的，星星领悟了
这个道理，鸡啼三遍
眨眼示意

走进田野静听庄稼的呼吸
记得这里，就在这里
与庄稼人蜷膝话远景
与孩子们谈论一粒小米的简历
八十岁的老翁伸长脖子也想听
眼巴巴注视我的嘴唇
上扬下垂……

哦，今夜一切在变
路灯驱散了以往的昏暗与孤寂
比肩的高楼拔地林立
我在四处搜寻，搜寻那条
小路上的踪迹
高楼上的姑娘拉开窗帘
细数游人，手机拍下
街头的亮丽

我想与一棵小树握手
与一缕清风问暖
想说的话很多，心在颤抖
嗓子发痒，找不到哽咽的起点
只想让眼睛的亮度与以往对接

自责的细雨敲打着泥土
失去一抔黄土一盏清流的恩泽
这是留在心间未愈的伤口

2016 年 12 月

回望黄土高原

回望的目光被大山收藏
峭壁上横刀立马的石头
和数不清的山花竞相绽放
青藤的枝条牵着羊儿
和云朵一同飘荡

爷爷的血染红了夕阳
斜斜地照射，为大山做面膜
多少年了，奶奶的泪还在流淌
山泉叮叮咚咚日夜作响
干柴一样的白骨守候着黄土地
蜿蜒的小路上升起一把火
照亮大山走向

风在父亲的胸膛呼喊
衣服被岩石分解
星星在漂浮的布条里时隐时现
肩扛一担柴，他就是一座小山

以最快的速度，让断气的炉膛
溅起火星，因为寒冷把人逼成哑巴
只会哆嗦打战

那座大山怎么看也像爷爷
瘦成一把骨头，顶起一片天
那座小山怎么看也像父亲
多少次跳进深渊
把自己开成一朵火焰
看看自己，也不像自己
已长成大山头的樱桃树
小山头的山丹丹……

2016年4月

沉默的土地

这里曾经是全村人
唯一的光景
四十年后，又一次踏上田野的时候
大脑拉开了帷幕
犁铧翻出春天的场景
老牛拉回金黄的谷穗
父亲弯腰深藏在田野里
咔嚓咔嚓的镰刀声
让月亮也不敢流失一丝光明

我站在田埂上
追忆这片土地的每一个细节
仿佛童年的金黄都属于我
现在田野失去了最初的光芒
它不再是当年那么丰盛
村里人都在忙碌土地以外的光景
土地只是一个附带产品

是啊，我也是这片土地的背叛者

眷恋只是一种记忆

田野与我拉开了长长的距离

一种隐隐的痛滋生于心头

问自己？问土地？

我沉默，土地更沉默

2019 年 7 月

深秋的田野

大地无限空旷
风渲染着落幕的格调
一枚雨紧缩身体
花草躬腰曲背，面色枯黄
任着性子飘飞忧伤

北方的镰刀还未生锈
禾桩根部又顶出鹅黄的新芽
倔强地创造第二个春天
农舍的房顶玉米流金
那圆滚滚的笨鸡只能摇摆无法起飞
烟囱九曲十八弯
悠悠升空，泼墨山水

北方的十月阴晴交错
大地是为失去饱满而惆怅?
还是为放开眼界而欢乐?
在这交叉的十字路口，每一种生命

都在寻找适合的道路回归本色

让春的信号暂时隐藏

2019 年 11 月

母亲的玉米

母亲的背细小寒凉
一生最爱阳光
赤日炎炎的夏天地皮焦裂
她弓腰曲背给玉米挠痒
青绿鲜活向母亲舞蹈歌唱

秋高气爽
母亲额头的汗水均匀地
滴落到红缨上，凝成彩色露珠
滋润每一棒金黄
一排排的金豆豆列队亮相
母亲热泪盈眶

母亲把一棒一棒金黄
装进箩筐，喝饱了阳光的玉米
乖顺地抱在一起，依偎在母亲身旁
仿佛一家人，抵挡着
一辈子的寒凉……

2019 年 7 月

马头琴套住一片晚霞

穿过葳蕤的牧草
琴声聆听舞蹈
粗壮的手指抚摸着钢丝绳
拴住一片晚霞的弹性

骏马站立，随时待命
千回百转的思绪点击穴位
从丹田发出草原的最强音
驰骋千里走不出牧村的黄昏

牛羊嘈杂之声渐渐平息
晚霞打包了所有杂音的宁静
生活的冷热磨平了夜幕的棱角
唯有阿妈的奶茶沸腾了蒙古包
姑娘的奶桶飞起浪花
轻盈的舞姿披一身彩虹

从远古飞驰而来的马头琴

琴箱里装着荣枯兴衰的梦
把哀怨送给远古的流水
把激越送给沸腾的黄昏
当马头琴碰撞夜幕的柔软
西天挂起梦中的草原

2016年7月

篝火的呼唤

一朵熟透了的云
软软的，从大漠深处起飞
以闪电的速度向黑暗飞溅
超过孤烟的垂直，一株野草
燃烧成炙烤人心的缆绳

双手合十，叩拜大漠
闪光的沙子比金子贵重
棱角上刻着远古的图章——
一堆红红的篝火
驱散眼睛的寒冷与迷茫
打开朝拜者孤寂的心灵天窗

野兔的闪念从火光里走过
狐狸窃窃私语留下数不清的踪行
烧烤的野味与火随时对撞
此时，你会切身感受到草原的
幸福辽阔。当你饮下一碗

鄂尔多斯美酒的时候

心就是大海的波浪

远古的战马早已停止了嘶鸣

寒霜下的将士已离岗

此时此刻，只有我们——

一起与火苗舞蹈欢唱

围着花园旋转，带着火的梦想

把深夜染成六月的艳阳天

把人心染成火的颜色

昨天的云烟已被历史淹没

寥落的火星迸发出数不清的花朵

紧紧拥抱温暖，久久偎依魅力

你的心在我的胸间跳跃

我的热血在你的脉管里流淌

篝火从大地起飞，空中开花

开出天地人和

2017 年 1 月

故乡的草原

我不会记事的时候
带着无限向往，投进你的怀抱
像一棵葱绿的小草，吮吸你的乳汁
像一只纯白的小羊羔
闻着你的体香，肆意疯狂

放下所有的矜持和思维
把目光投向广袤的视线之外
抚摸你的秀发，感受你的博大旷远
驾驭着绿色波涛飞翔

星星点点的毡房
一堆终年不化的洁白
袅袅炊烟，牵着白云的手
叙述草原人的故事，写下人间沧桑
牧人的心是一朵开放的花
在宁静中把所有的爱激活
草原是我唯一的生命

这生命里有我父亲的艰辛，母亲的慈祥

一颗赤子之心，在草原上奔跑
追赶着羊群和无边的期望
紧贴草原的体温
感悟你的神奇，传承你的善良

清晨，小草挑着数不清的太阳
那晶莹的透明，溢出草原绿色希望
傍晚，西山抛出金黄的丝弦
洒落一地悠扬，夜幕裹着阿妈的奶茶
追赶一匹青鬃烈马

2017 年 11 月

图书在版编目（CIP）数据

跟着太阳走过 / 王万里著．-- 北京 ：民族出版社，2024．10．-- ISBN 978-7-105-17385-3

Ⅰ．I227

中国国家版本馆 CIP 数据核字第 2024VU7356 号

跟着太阳走过

GENZHE TAIYANG ZOUGUO

责任编辑：马少楠
封面设计：金　晔
出版发行：民族出版社
地　　址：北京市东城区和平里北街 14 号
邮　　编：100013
电　　话：010—64228001（编辑室）
　　　　　010—64224782（发行部）
网　　址：http://www.mzpub.com
印　　刷：河北鑫兆源印刷有限公司
经　　销：各地新华书店
版　　次：2024 年 10 月第 1 版　2024 年 10 月北京第 1 次印刷
开　　本：787×1092 毫米　1/16
字　　数：209 千字
印　　张：23.25
定　　价：118.00 元
书　　号：ISBN 978-7-105-17385-3/I · 3307（汉 2950）